www.tredition.de

AF204030

Lars Green

True Love lass los

Liebesdrama

© 2020 Lars Green

Verlag & Druck: tredition GmbH, Halenreie 40-44, 22359
Hamburg

ISBN
Paperback: 978-3-347-01516-6
Hardcover: 978-3-347-01517-3
e-Book: 978-3-347-01518-0

Kapitel 1

Mal wieder ein Sonntagmorgen

an dem er kaum aus dem Bett wollte, die grauen Wolken hingen tief und es regnete ohne Unterbrechung, obwohl es draußen 25 Grad waren.

Er kroch an das andere Ende seines Bettes, blickte mit trauriger Miene auf das Bild, das auf dem anderen Nachttisch stand und ließ seinen Tränen freien Lauf. Es war nun fast ein Jahr her, aber Markus konnte immer noch nicht von ihr loslassen. Der Schmerz in ihm war zu tief, es reichte nur an sie zu denken, alte Lieder oder Filme aus ihrer gemeinsamen Vergangenheit zu hören oder zu sehen, um ihm die Tränen in die Augen treiben. Sie war sein ständiger Begleiter.

Er nahm das Bild vom Nachttisch und blickte es schweigend an und wusste nicht wohin mit seinem Schmerz und seinen Gefühlen. Markus konnte sie einfach nicht loswerden oder abschalten, es war wie eine Sucht, die ihn immer und immer wieder in der Hand hatte. Whisky und Wodka, ja sogar Kokain oder Tabletten erreichten auch keine Lösung. Das hatte er nach gut einem Monat aufgegeben. Ausgehen, ein paar oberflächliche Bekanntschaften waren hier und dort mal kurze Ablenkungen, aber was er verloren hatte, das fand er in anderen Person nicht im Entferntesten wieder.

Er besuchte die Kirche in seiner kleinen Stadt, um eine Antwort zu erhalten, doch diese wurde ihm dort ebenso verwehrt, wie auf einer langen Reise um die Welt, die er nur machte um auch von dort ohne Antworten zurückzukehren.

Das Bild war gut ein Jahr vor dem dunkelsten Tag in seinem Leben beim einen Spaziergang mit ihr entstanden. Immer wieder spulte Markus diesen Tag in seinem Kopf ab. Er konnte ihre Haare und den Wald noch riechen. Manchmal streichelte er das Bett oder das Bild im Rahmen um das Gefühl ihrer Haare oder ihrer Haut zu spüren. Aber nach einem Moment dann spürte er, dass das niemals mehr so sein würde. Was unweigerlich dazu führte, dass seine Seele noch mehr Tränen auslöste.

Markus war ein gut gebauter attraktiver Mann Mitte vierzig. Die Beiden lernten sich in einem Supermarkt kennen. Sie hatten sich auf dem Parkplatz erblickt und konnten wohl beide nicht mehr ihre Gedanken und Blicke voneinander lassen. Er sprach sie an und ihre Mimik und das Lächeln war ihm sofort so vertraut als könnte sie seine Gedanken lesen.

Und so kam es wie es kommen musste, die wohl größte Liebe für beiden war geboren.

Es war der Moment für Beide, der ihr Leben zur schönsten Zeit machte.

Komm stehe auf, sprach er zu sich selbst, was er dann auch widerstrebend tat. Er wischte sich seine Augen, trocknete sie und stellte das Bild liebevoll zurück auf den Nachttisch.

Bis später sprach er zu dem Bild im Rahmen und verließ das Schlafzimmer.

In der Küche füllte er den Filter mit frischen Kaffeepulver und ließ die Kaffeemaschine das tun was sie am besten konnte.

Nach der Dusche ging er zurück in die Küche, das köstliche Kaffeearoma hatte die gesamte Wohnung ausgefüllt.

Wieder kamen Erinnerungen auf. Er umarmte sie so gerne in der Küche von hinten und blickte ihr beim Kochen über die Schulter. Was die Konsequenzen hatte, dass er ihr dann beim Kochen half. Er liebte es so mit ihr zusammen das Essen zuzubereiten, sie konnten dabei einfach nicht voneinander lassen. Das Schönste daran war, es hielt über die ganzen Jahre hinweg an. Es kam nie Langeweile auf, beide hatten Freiräume, aber wenn man sich wieder begegnete war es immer wieder wie frisch verliebt. Aber die Küche, in der er nun stand war kleiner, er hatte das Haus nach ihrem Tod verkauft. Es hingen viel zu viele Erinnerungen daran, er war nie wieder dort gewesen Markus wollte die Erinnerung so behalten wie sie in seinem Kopf und Herzen waren. Stattdessen hatte er jetzt eine kleine Wohnung. Markus hatte das Privileg nicht mehr arbeiten zu müssen, er hatte ein Patent welches ihn die nächsten 30 Jahre mit einem guten Einkommen versorgte. Dazu kam noch, dass er kein Verschwender war.

Also ging er seinen Hobbys: Sport, seine zwei Autos und etwas Reisen nach. Während er die Tasse Kaffee trank, sah er sich online das Wetter an. Die spontane Idee wurde nicht auf die lange Bank geschoben, er packte ein Paar Sachen in eine Tasche und fuhr mit dem Fahrstuhl in die Tiefgarage.

Er entschied sich für den Jeep. *Du bist das nächste Mal wieder dran* sagte er zu dem alten Porsche der glänzend neben dem Jeep stand.

Aus dem Navigationssystem hatte er eine alte Adresse wieder übernommen. Als er die Tiefgarage hinauffuhr wurde er von einem Umzugs LKW, der direkt vor der Ausfahrt anhielt, daran gehindert hinaus zu fahren. Es sprang ein circa Mitte zwanziger jähriger Mann heraus und winkte mit seinen Armen, er wollte wohl um einen Moment Geduld bitten. Markus signalisierte zurück, dass es ok für ihn wäre. Das wird wohl mein neuer Nachbar über mir, dachte sich Markus. Dann wollen wir ihn nicht direkt nerven.

Das Navigationssystem konnte jetzt die Entfernung berechnen. Nun hielt jedoch noch ein kleiner Audi hinter dem LKW an. Am Steuer saß eine Blondine mit sehr weichen Gesichtszügen, vielleicht 169 cm groß oder klein. Sie stieg aus und kam mit einem Lächeln auf ihn zu.

Markus ließ die Fensterscheibe in die Tür sinken.

Es tut mir leid, warten sie schon lange? Vor dem LKW steht ein Wagen mit einer Panne, ich fahre sofort weg. Erklärte sie etwas hektisch. Markus nickte nur. *Wohnen sie auch hier?*

Ja, das tu ich, antwortete er.

Freut mich, ich ziehe heute hier ein, Joelle, ist mein Name Joelle Stein sie hielt Markus ihre rechte Hand durch die offene Scheibe. Markus erwiderte ihre Begrüßung

Markus, *freut mich auch.*

Hey Joelle rief der Fahrer vom LKW *quatsch doch nicht wieder so viel mit Leuten, der Wagen ist weg. Wir können uns richtig hinstellen.*

Joelle verdrehte die Augen nach dem nicht ganz so charmanten Kommentar des LKW Fahrers. *Ja ich komme ja schon,* rief sie dem rüpelhaften Fahrer zu.

Es tut mir Leid ich halte sie nur auf, sprach sie sichtlich nervös und fuchtelte mit ihren Armen. Markus beobachtete das Ganze, ohne ein Wort zu verlieren.

Ich mache es wieder gut, wenn sie mal etwas brauchen klingeln sie bitte ok? .rief sie beim Zurücklaufen zu ihrem Auto. Bestimmt nicht, dachte sich Markus und legte Drive in dem Getriebe ein. Auf der Autobahn war das eingetreten was Markus gehofft hatte. In der Ferne öffneten sich die dunkeln Regenwolken in seiner Fahrrichtung. Die Sonne mit blauem Himmel kam deutlich durch und flutete die Erde mit warmem Sonnenlicht.

Sein Ziel war das Meer an der niederländischen Küste. Er fuhr mehrmals im Jahr in dasselbe Hotel dort. Die waschechte holländische Besitzerin des Hotels war über die Jahre zu einer guten Freundin geworden und sie ist sogar auf der Beerdigung gewesen.

Als sie noch lebte, spazierten die beiden stundenlang durch den Sand am Strand ob Regen oder Sonne. Aber nun ging er alleine durch die verwaschenen Sandspuren, das wollte er sich nicht nehmen lassen. Er konnte das Leben, das ihm noch geblieben war am Strand spüren.

Markus, das ist aber eine Freude bleibst du oder fährst du weiter? Begrüßte die Hotelbesitzerin Markus mit einer Umarmung und einem Kuss auf die Wange.

Na was denkst du denn Fenja?

Hattest du eine gute Fahrt?

Ja sie war gut, ich fuhr der Sonne entgegen.

Fenja streichelte ihm über sein Gesicht *schön, dass du da bist* und übergab ihm seinen Zimmerschlüssel. *Mach es dir bequem mein Lieber.* Markus packte seine Tasche an den Schlaufen und wartete auf den Fahrstuhl.

Möchtest du mit mir gleich einen Kaffee trinken?

Deswegen bin ich extra gekommen, lächelte Markus zurück und betrat den Fahrstuhl, *in 5 Minuten bin ich bei dir.* Die Tasche fiel auf den Boden und als Erstes stellte er sich an die Fenster seines Zimmers und blickte in die Weite der See die vor ihm lag.

Er schloss seine Augen, die ersten Minuten an diesem Strand der vor ihm lag waren immer schwer.

Dort hatte er ihr den Antrag gemacht. Es regnete wie aus Eimern und der Wind war wie ein scharfes Messer, das würde er nie vergessen. Aber es machte Beiden nichts aus, das Wetter ändert sich eben schneller am Meer.

Sie ließ ihn damals nicht mal ausreden so schnell antworte sie mit, *Ja ich will.* Sie war die Frau, die nicht beim Tauchen oder beim Fallschirm springen gefragt werden wollte oder musste. Es ging um die Tat, nicht um das außen herum. Das Leben schmeckte nach ihr.

Die Möwen waren damals dabei, sonst niemand. Den Ring trug Markus schon eine Weile mit sich herum, aber in diesem Moment bei der Kälte, dem Wind, dem Regen und den Wellen die sich am Strand brachen, da Beide stärker als alles zusammen waren, das war für Markus der richtige Moment. Ja, sie waren zusammen die Stärksten, sie wiederstanden allem was sich ihnen in den Weg stellte.

Er spürte ihre Hand, die sie vorher schnell aus dem Handschuh zog, auf seiner Wange. Es war magisch.

Sie war so warm, in dem so kalten Wind, dazu lächelte sie ihren zukünftigen Mann an, dass man glauben könnte sie hatte die gesamte Liebe und Leidenschaft der Welt in sich vereint. Dazu vermischten sich ihre salzigen Freudentränen mit dem Salzwasser der Nordsee.

Hier bitte,

danke, Markus nahm die Tasse dampfenden Kaffee entgegen.

Und was machst du? Hast du einen Plan mitgebracht? Was Fenja sagen wollte, war hast du eine Idee was du hier machen möchtest. Markus liebte das Deutsch mit der holländischen Note.

Ich werde morgen Fahrrad fahren und ich hoffe du hast Zeit mit mir mit zufahren?

Für dich ja, nach dem Mittagstisch.

Fein, nickte Markus *und wie geht's dir? Was macht das Hotelleben?*

Du wirst es nicht glauben, sie haben hier, nicht weit von mir, angefangen einen Hollywood Film zu drehen.

Wirklich, weißt du denn was für einen Film das ist oder wer dort mitspielt?

Du weißt doch, dass mir sowas egal ist, aber zwei von den Schauspieler wohnen hier bei mir im Hotel. Sie kommen immer mit ihren Bodyguards.

Ja natürlich, die überlassen nichts dem Zufall, antwortete Markus. *Wie geht's deinen beiden Kindern?*

Oh wenn die wüssten, dass hier ein Film produziert wird, würden die Beiden sofort aus Amsterdam nach Hause kommen. Aber es geht ihnen gut, sie sind beide gesund und glücklich.

Markus legte seine Hand auf Franjas Schulter, *das ist das Wichtigste.*

Ja, mein Lieber, das ist es, sie nahm ihn in ihre Arme und drückte ihn fest an sich. Markus konnte das Herz der Holländerin durch ihre üppige Brust spüren.

Pass auf, wir Beiden hübschen gehen heute in die Stadt und trinken etwas zusammen.

Das ist eine tolle Idee, das machen wir, erwiderte Markus *und ich zahle.*

Das Wasser prasselte auf seinen Rücken und seinen Kopf, die Dusche erzeugt immer so ein Gefühl, sich von alten Sachen rein waschen zu können. Alles wieder auf Anfang zu setzten, was bei dem einen oder anderen auch funktionierte. Es klopfe an der Türe Markus prüfte seine Kleidung vor dem Spiegel, *Ja ich komme.*

Die Türe öffnete sich vor Fenja, *wow, junger Mann möchtest du mich verführen?* Markus schmunzelte, *das gebe ich aber zurück du holländische Schönheit.*

Fenja packe Markus an der Hand *komm du Verführer wir machen die Stadt unsicher.* Fast wäre ihr der Satz über die Lippen kommen wir früher. Aber sie wusste, dass das in diesem Moment tödlich gewesen wäre. *Mit deinem oder meinem?*

Nein, Taxi

Sieben Euro fünfzig macht das bitte. Markus drückte dem Fahrer zehn Euro in die Hand und verließ mit Fenja das Taxi.

Wo möchtest du denn hin? Es hat hier ein kleiner Italiener neu aufgemacht.

Auf zum Italiener, antwortete er ohne einen Moment an dem Vorschlag zu zweifeln.

Fenja wurde sehr gastfreundlich begrüßt, man kannte sie und ihr tolles Hotel in der Hafenstadt. Die Beiden bestellten zwei Vorspeisen die leicht, aber mit gutem Öl zubereitet waren und dazu einen tollen Rotwein.

Was ich dich immer schon, die ganzen Jahre fragen wollte, woher stammen eigentlich deine Vorfahren?

Fenja schob ihre blonden Ponyfransen aus ihren Augen, legte ein Lächeln auf ihr von der Sonne gebräuntes gut geschnittenes Gesicht. *Meine Vorfahren wurden von deinen Vorfahren mal nicht so nett behandelt.* Markus nickte verständlich voll. Also im Kurzen, eine deutsche jüdische Geschichte die nach Holland führte. Markus sah in ihren Augen, dass dies ein wunder Punkt war und ihr wohl Geschichten erzählt worden sind, die diesen Schmerz in ihr Gesicht schoben. *Aber Markus soll ich dir eins verraten? Die Deutschen sind ein tolles Volk, trotz dieser Sache damals. Leider wissen wir, dass es in jedem Land oder Volk Idioten gibt.* Markus nickte ihr zustimmend. *Prost, auf die tollen Menschen auf diesem wunderbaren Planeten.* Die Gläser berührten sich und brachten einen Klang der Wärme und Geborgenheit. Markus wurde in eine Erinnerung zurückgeschleudert, die durch die Gläser mit dem Rotwein und dem Klang ausgelöst wurden. Fenja konnte die Reaktion Markus regelrecht auf dem Gesicht ablesen.

Sie legte ihre Hand auf seine. *Was war es?* fragte Fenja nach.

Ach komm, willst du das wirklich wissen?

Ja erwiderte sie *ihr, du seid meine Freunde, ihr wart damals auch jede Sekunde für mich da, also rede, du stolzer Mann* bohrte Fenja nach.

Das Leben schmeckte nach ihr, weißt du? Fenja nickte ohne ihn aus den Gedanken zu schleudern, sie fühlte sein Schmerz innerlich förmlich mit.

Markus stockte, das auszusprechen war immer noch nicht möglich für ihn. Das sie tot war. *Sie sagte mal zu mir, durch deine Blicke blühe und lebe ich erst.*

Wann hat sie das denn gesagt? kam die Frage von Fenja dazu.

Wir lagen zusammen im Bett im letzten Frühling vor dem Unfall, ich hatte meinen Arm um sie gelegt, so wollte sie immer mit mir einschlafen, sie hielt meine Hand, damit sie wohl immer wusste wo ich bin und dass ich bei ihr bin. Als sie das sagte war sie so glücklich, dass ihr vor Glück Tränen auf meine Hand tropften. In diesem Moment wurde mir innerlich warm ich wusste nicht wohin mit mir. Weil es so tief aus ihrem Herzen kam ohne nachzudenken und sich damit als schwach zu zeigen.

Markus, du weißt, dass nur Menschen die offen über Gefühle sprechen können, die wirklich Starken sind.

Das ist wohl richtig, meine schöne Holländerin. Erwiderter Markus mit einem Lächeln und in Falten gelegter Stirn.

Ja das war für sie immer noch ein Problem, doch sie lernte dazu, dass es wohl das Beste sei, diesem Menschen ihre wahren Gefühle zu zeigen und er nicht nur eine austauschbare Nummer ist.

Ich vermisse sie auch so sehr, erwiderte Fenja, *meinst du Gott hat einen Fehler gemacht?*

Oh ja, das hat er. Wieso hat er uns nicht zusammen gelassen? Oder mich an ihrer Stelle genommen?

Nein, unterbrach Fenja seinen Satz, *das darfst du nicht mal denken.*

Markus leerte sein Weinglas mit einem Zug.

Ich habe euch beide gleich geliebt, aber einer musste bleiben um zu erzählen, wie die perfekte Liebe ist. Und dafür hat sich Gott dich ausgesucht. Ich weiß noch: Eure Augen funkelten immer wenn ihr einander angesehen habt, auch nach der langen Zeit die ihr zusammen wart. Aber das habe ich dir schon gesagt und auch das sie die Richtige für dich war und du der richtige Kerl für Sie warst. Oh man, du warst so hart nach außen und innen und sie hat dein Herz in jeder weiteren Sekunde, Stunde, Monat zum Glühen gebracht. Du hast sie selbstlos geliebt, das ist in der heutigen Zeit ein Geschenk. Kein anderer mit mehr oder weniger Geld, anderem Job oder was auch immer wäre es gewesen, glaube mir.

Ja, antwortete er einsilbig. *Ich hoffe ich kann bei dir die Nächte vom Anfang bis zum Ende durchschlafen!* Markus schaute sie dabei ernst an.

Na hör mal, da haben wir doch etwas bei uns in Holland, das weißt du doch, lachte Fenja los.

Die zweite Flasche Wein neigte sich dem Ende zu. *Komm wir gehen noch durch die Stadt, die Luft ist so toll hier bei dir an der See.*

Oh die Luft mit dem Wein ist eine tolle Mischung stellten Beide vor der Tür des Restaurants fest. Im Kopf fühlten sie sich fast wie Teenager.

Fenja hakte sich bei Markus ein, Beide ließen die nächtliche holländische Hafenstadt mit ihren vielen Lichter, kleinen und größeren Booten und Schiffen auf sich wirken ohne ein Wort zu verlieren. Obwohl Fenja in ihren Gedanken nach einer Antwort auf eine weitere bisher ungestellte Frage suchte.

Guten Morgen, lächelte und begrüßte eine Angestellte des Hotels Markus im Frühstücksraum.

Guten Morgen, erwiderte er freundlich. *Ich würde gerne draußen frühstücken, würden sie mir bitte den Kaffee dort servieren?*

Natürlich gerne, antwortete die Mitarbeiterin mit einem holländischen Klang in ihrer Stimme.

Die Sonne wärmte die Haut und der Wind blies so angenehm, dass man nicht anfing zu schwitzen. Es war einer dieser Morgen, die man einfach auf einem Gemälde einfangen möchte. Die Wellen umarmten immer und immer wieder das Land und der Wind streichelte das Land so sanft wie der Kuss einer geliebten Frau. Im Hintergrund war ein Fischerboot zusehen das die Küste abfuhr. Was würde ich dafür gegeben diesen Moment mit dir hier zu teilen, dachte sich Markus und stürzte die erste Tasse Kaffee herunter.

Guten Morgen mein Lieber, lächelte Fenja und kam an Markus Frühstückstisch. Sie fuhr mit ihrer rechten Hand durch seine Nackenhaare, *was macht der Kopf?*

Fenja sah aus, wie aus dem Ei gepellt, als hätte sie zehn Stunden durchgeschlafen.

Der Kaffee und der sagenhafte Ausblick helfen, antwortete Markus mit noch etwas verkaterter Stimme.

Ich bin vermutlich schon etwas länger wach als du, aber ich hatte auch keine Probleme. Aber ich muss dir leider sagen, dass mit unserer Fahrradtour heute leider nicht klappt, Ich muss hier im Hotel etwas erledigen.

Markus goss sich eine weitere Portion Kaffee in seine Tasse und grübelte, *ich glaube, ich gehe an den Stand. Hast du noch ein*

Fahrrad, das kein Damenrad ist? witzelte er. .....*ich werde trotzdem fahren*

Hey was soll das heißen? Erwiderte Fenja mit einem lustigen Quicken. *Ich lasse dir eines bringen, dann kannst du Hollands gesamte Küste abfahren.*

Fenja, sprach Markus, als er die Blicke auf das Meer richtete, mit überwältigter Stimme an, *wann hast du das letzte Mal diesen Ausblick genossen?*

Er schaute sie dabei gar nicht an, er konnte es nicht. Er fing diesen Moment ein, der ihm von der Natur geboten wurde und blieb sprachlos.

Du bist so ein verlorener Romantiker, sie streichelte ihm liebevoll über seinen Kopf, *das liebe ich an dir so.* Aber er hatte Recht - Fenja blickte nun ebenfalls zum Stand runter und bestätigte gedanklich Markus' Frage.

Er beachtete sie nicht.

Es waren schon locker sechs Kilometer, die er an der Wasserlinie mit dem Fahrrad abgefahren hatte. Als er ein untypisches Bild erblickte, mitten am Strand sah er Scheinwerfer, Menschen die auf einem Haufen standen und Kameras auf Schienen. Ja der Film, blitzte es in Markus Gedanken, stimmt, Fenja hatte davon erzählt.

Langsam fuhr Markus an das Set heran, er wollte auf keinen Fall auffallen oder stören.

Er blieb in sicherer Entfernung stehen, konnte so aber deutlich die Menschen erkennen die an der Szene beteiligt waren. Genauso nahmen aber auch die Sicherheitsmitarbeiter von ihm Notiz. So, dass sich einer von ihnen auf Markus zubewegte. Mit ernstem Blick prüfte er Markus von unten nach oben.

Auf Englisch kam die Frage, ohne jegliche Begrüßung des Sicherheitsmanns oder sonst einer zwischenmenschlichen Art, was er hier mache. Markus erwiderte höflich mit einem *Guten Morgen* und erklärte kurz wie es zu dieser Situation gekommen war und dass er niemanden mit seiner Anwesenheit stören möchte. Mit groben Worten sagte der fast doppelt so schwere Mann, er solle verschwinden. Es waren weder Absperrungen noch Schilder aufgestellt, noch hatte der Mann ein Schreiben mit das er ihm aushändigte, worin untersagt war, das Ganze zu beobachten.

Markus fragte höflich ob es möglich wäre an dem Set vorbei fahren zu können.

Der grobe Sicherheitsmann erhob die Stimme und erwiderte nur in einer vulgären Art, dass er sich verpissen solle. Markus dachte, sechs Kilometer wieder zurück, macht Zwölf, für eine kleine Tour doch ok. Als er sein Fahrrad wieder Richtung Hotel drehte, spürte er einen Schlag im Genick, der grobe Sicherheitsmann hatte ihn ohne Grund oder Gefahr die von ihm ausging, angegriffen. Sein Nacken schmerzte furchtbar. Kein Zeugen, Aussage gegen Aussage, noch dazu nicht in Deutschland. Markus fuhr zurück ohne sich dem Mann zu stellen, aber er wusste wo er ihn vielleicht wieder treffen konnte. Als er sich in den Nacken seitlich der Schulter fasste, spürte er wie seine Hand klebt, es war sein Blut, was ein Blick auf seine Finger bestätigte. Durch den Wind am Stand wurde es zwar gut gekühlt, aber dennoch war der Schmerz gewaltig.

Als Markus das Fahrrad am Hotel abstellte und seinen Blick über sein weißes T-Shirt schweifen ließ, wusste er warum ihn die Leute am Stand so komisch betrachteten.

In der Lobby von Fanjas Hotel, kam eine Mitarbeiterin sofort hinter der Rezeption hervor gestürmt, *Gott, was ist ihnen passiert?* fragte sie aufgeregt.

Ich weiß nicht, vielleicht eine Möwe? erwiderte Markus mit einem verkrampfen Lächeln.

Ich hole die Chefin, bitte setzen Sie sich hier hin.

Die beiden blonden Frauen kamen aus dem Bürobereich zurück. Das war das Letzte was Markus mit klaren Blicken umreißen konnte, dann viel er vom Stuhl.

Kapitel 2

Es fühlte sich warm, liebevoll und geborgen an, als ein Teil seiner Sinne wieder kam. Seine Augen waren geschlossen, der Geruch erinnerte ihn an einen sterilen Raum. Doch das Warme und Weiche passte nicht zu dem was er fühlte. Eine Hand streichelte sein Gesicht, es waren schöne Erinnerungen, die aufkamen, nun hörte er aber auch noch ein Piepen dazu. Was ist passiert? Hast du mich zu dir geholt? fragte sich Markus. Es legte ein Lächeln auf seine Mundwinkel.

Dann machte es *Boom* in seinem Bewusstsein. Nein, er war im Krankenhaus, Fenja hatte ihre Hand auf seiner Stirn und schaute ihn besorgt an.

Was machst du für Sachen? Hast du kein Telefon?

Markus versuchte sich erst mal zu orientieren. *Was ist denn passiert?* antworte er leicht verlegen.

Das wollen wir von dir wissen, erwiderte Fenja.

Ein Arzt stand an seinem Bett: *Guten Tag! Entschuldigung darf ich sie bitten draußen zu warten!*

Markus war klar was der Satz auf Niederländisch, an Fenja gerichtet, zu bedeuten hatte. *Nein sie kann hier bleiben, Herr Doktor.*

Sie sprechen Niederländisch antwortete der Arzt verwundert?

Fenja antwortet dem Arzt, *nein er spricht Deutsch und Englisch.*

Gut, dann bleiben sie. Was passiert ist, würden die Polizei und ich, gerne von ihnen erfahren.

Wenn, sie mir sagen warum ich im Krankhaus, wonach das hier deutlich aussieht, bin, kommt mir vielleicht wieder eine Erinnerung, erwiderte Markus etwas spöttisch.

Die beiden Polizisten, die grade das Zimmer betreten hatten schauten sich fragend an. Einer der beiden Beamten hielt Markus seinen Dienstausweis vor die Nase.

Herr Schleider, sie wollen uns sagen, sie können sich an nichts erinnern?

Markus blickte, nach Worte suchend durch sein Krankenzimmer und stoppte auf den Augen von Fenja. Darauf fing er an seinen Kopf leicht im Kopfkissen hin und her zu drehen, *nein tut mir Leid.*

Herr Schleider, schoss der Arzt ein, *sie haben circa einen Liter Blut verloren und haben so wie es aussieht, einen Schlag mit einem Stichwerkzeug abbekommen und sie können sich an nichts erinnern?*

Der Beamte schoss hinterher, *decken Sie jemanden?*

Es tut mir leid, ich weiß wirklich nichts von der schaurigen Geschichte die sie hier grade vortragen. Fenja blicke Markus sorgenvoll an.

Gut wir kommen morgen wieder, gute Besserung Herr Schleider.

Die beiden Beamten schlossen die Tür hinter sich. *Können sie oder wollen sie nichts sagen? Das hätte schlimm für sie ausgehen können, das wissen sie?* predigte der Arzt vom Fußende des Bettes aus, als würde er eine Rede halten.

Doktor, dürfte ich zur Abwechslung auch eine oder zwei Fragen an sie stellen? Darf oder kann ich ihr Krankenhaus verlassen, so wie ich jetzt hier bin? Fenja hielt Markus linke Hand vor Sorge ganz fest.

Wissen sie wie knapp sie am Tod waren? Wie sagt man bei ihnen in Deutschland vorbei gerutscht sind?

Ja, ich verstehe, erwiderte Markus, *aber können sie mir meine Frage nun beantworten, Doktor?*

Also, wir haben sie mit fünf Stichen genäht und sie haben Blutkonserven bekommen. Ich kann sie hier nicht festhalten, aber wenn die Verletzung wieder aufgeht, sehen wir uns schneller wieder als ihnen lieb ist.

Gut, danke sehr, Doktor ich werde es mir überlegen. Könnten sie für mich das Entlassungsschreiben vorsorglich fertig machen.

Der Arzt legte seine gut gebräunte Stirn in Falten und nickte. *Bitte, bitte bleibe eine Nacht hier* schaute Fenja Markus ernst an.

Du weinst ja! Mit sehr viel Gefühl wischte er Fenja mit seinem Daumen die Tränen von ihrer Wange fort. *Du musst nicht um mich weinen, mir geht es gut.*

Sag mal, wie lange sind die Filmleute noch bei dir im Hotel?

Wie kommst du denn jetzt darauf? schaute Fenja Markus mit aufgerissen Augen fragend an.

Naja, ich habe noch keine Chance gehabt eine dieser Hollywood Größen zu sehen.

Du bist mir ein Schatz! Du bist fast gestorben und fragst mich sowas. Sie bleiben soweit ich weiß, noch zehn Tage.

Das ist doch schön, dann wollen wir dem Arzt mal seine Sorge nehmen. Würdest du ihm bitte sagen, dass ich über Nacht hier bleibe - weil du dir sonst zu viele Sorgen um mich machst.

Fenja küsste Markus auf die Stirn, *good boy* und verließ das Zimmer.

Markus versuchte die Wunde mit der Hand zu erfühlen, was natürlich nicht möglich war, da ein riesen Pflaster die Wunde schütze. Daraufhin versuchte er aufzustehen um einen Blick in den Spiegel zu werden, damit er sich ein Bild der Verletzung machen konnte. Aber das Einzige was er zu sehen bekam, war sein getrocknetes Blut, das sich tief mit seiner Haut verklebt hatte.

Fenja öffnete die Tür und blickte auf ein leeres Bett. *Markus?* ertönte ihre Stimme besorgt.

Ich bin hier, kam seine Stimme gelassen aus der Ecke des Bades.

Erschrecke mich doch nicht so, erwiderte Fenja mit noch erhobener Stimme. *Was tust du da?* fragte Fenja skeptisch. Markus verbog sich vor dem Spiegel und versuchte in Anbetracht der Schmerzen, einen Überblick zu erhalten.

Hast du dein Telefon mit?

Aber sicher.

Würdest du bitte. Fenja hatte die Gedanken von Markus erkannt

Halte still, sonst wird das nichts, sie legt ihre Hand vorsichtig auf seine Schulter und Markus war klar, dass Fenja ihn verstanden hatte.

Hier bitte, Fenja hielt Markus ihr Telefon vor sein Gesicht, er ergriff ihre Hand und studierte sich von hinten.

Ja, ok. So schlimm sieht es nicht aus, murmelte er in seinen nicht vorhandenen Bart. Fenja stand mit leichtem Kopfschütteln neben ihm.

Sag, haben die Leute vom Film damit zu tun? Markus drehte sich mit dem ganzen Körper zu Fenja um.

Wie kommst du denn jetzt darauf? Markus blickte Fenja erstaunt an.

Sagen wir so, ich kenne dich!

Nein, wieso und woher? antwortete Markus selbstsicher. *Danke, dass du für mich da bist. Fahre ruhig in dein Hotel zurück. Ich komme morgen Früh wieder ins Hotel.* Markus streichelte Fenja liebevoll über ihre blonden Haare. Fenja liebte das, er war innerlich so zerbrochen und spendete dennoch anderen Menschen Trost.

In der späten Nacht machten sich die Schmerzen der Wunde bemerkbar, die Medikamente hatten nachgelassen. Klitschnass wurde Markus wach, ein Mix aus Alpträumen und Schmerzen holte ihn zurück in die Realität. Ein Blick auf seine Armbanduhr zeigte ihm unmissverständlich, dass er nur fünf Stunden geschlafen hatte. Nein bitte nur das nicht, seine Gedanken kreisten um seine verlorene Frau. Der Mix aus der wiederkehrender Trauer und den Schmerzen der Verletzung trieben ihm die Tränen in die Augen. Das Pochen seines Herzen und des Nacken vermischten sich zu Einem.

Es liefen immer mehr und mehr Tränen über seine Wangen und sammelten sich in der Halsfalte. Dich zurück, bekomme ich nie mehr, obwohl es mein größter Wunsch wäre. Aber du! Du wirst dafür zahlen, du verdammtes Schwein. Markus hatte den Sicherheitsmann vor seinem inneren Auge. Von diesen Gedanken getragen schlief Markus wieder ein.

Guten Morgen, ich habe gehört, wir haben deutschen Besuch lächelte der Pfleger, im Türrahmen stehend, Markus voller Lebensfreude an. *Wie geht es ihnen denn heute?*

Markus Pupillen konnten sich gar nicht so schnell an das das immer heller werdende Licht gewöhnen. Die Rollos wurden ohne Zucken elektrisch heraufgezogen.

Guten Morgen, erwiderte Markus leise, aber hörbar.

Was möchten sie frühstücken?

Danke, Nichts erwiderte Markus schnell und knapp.

Sind sie sicher? kam die Antwort in einem perfekten Deutsch zurück.

Ja, sehr sicher und sie sind kein Holländer richtig?

Der Pfleger nickte, *sie haben richtig geraten. Ich habe hier ein Schriftstück, dass ich ihnen geben soll, falls sie auf die dumme*

Idee kommen sollten unsere fünf Sterne Herberge vorzeitig verlassen zu wollen.

Danke, legen sie es bitte hier hin, Markus zeigte auf sein Nachtisch neben ihm. Der Pfleger verließ das Zimmer mit einem Pfeifen auf seinen Lippen.

Als das Schloss klickte riss Markus seine Decke weg und fing mit Luftradfahrt-Bewegungen an um seinen Kreislauf, der durch das Liegen und die Medikamente am Boden war, schnell wieder auf Touren zu bekommen.

Nach drei Minuten fühlte er sich wieder vital, setze seine Beine auf den Boden und schritt zum Schrank wo seine Kleidung vermutlich hing oder zumindest ein Teil davon. Das Schriftstück des Krankenhauses machte er durch seiner Unterschrift amtlich.

Er ging Richtung Fahrstuhl, legte ohne aufzufallen seinen Entlassungsbrief auf die Stationstheke und verließ das Krankenhaus. Im Taxi fühlte er seinen Nacken deutlich, aber die Schmerzen waren auszuhalten. Nun konnte er sich in Fanjas Hotel kurieren.

Du bist ein Dickkopf, kam Fenja ihm in der Lobby entgegen, eigentlich war es aber als Erstes, ihr Duft der die Lobby flutete, bevor er sie sah.

Guten Morgen, du duftest wie der Sonnentag draußen. Fenja lächelte Markus an, sie konnte ihm sowieso nicht lange böses sein.

Geht es dir gut? Möchtest du Frühstücken?

Markus erwiderte das Ganze mit einem Lächeln wie ein Lausbub, *ja bitte auf deiner Strandterrasse.*

Fenja brachte Markus das Frühstück selbst. *Darf ich dir Gesellschaft leisten?* Während sie seine Tasse mit dampfenden Kaffee füllte.

Danke. Ja, das wäre schön.

Danke, wofür? schaute Fenja fragend Markus an.

Dafür, dass du mir neue Kleidung in den Schrank gehängt hast.

Das habe ich von ihr. Das habe ich beim ersten Mal gelernt, als du hier im Krankhaus warst.

Du meinst als mir die Fahrradkette gerissen ist, sie bei mir im Krankhaus war und mir auch das Essen brachte?

Ja, das meinte ich, bestätigte Fenja Markus.

Markus blickte in den perfekten blauen Himmel und sprach zu sich selbst, *ja, dafür habe ich sie so sehr geliebt.* Vor seinem inneren Auge lief ein Film ab, als er zu ihr ins Krankhaus musste. Gott hat einen Fehler gemacht.

Die Lautsprecher auf der Terrasse ließen leise das Lied „All I Want is you" von einer irischen Rockband erklingen.

Kapitel 3

Es war kurz vor Mitternacht als Markus den Fahrstuhlknopf drückte. Im Fahrstuhl betätigte er den Knopf für die Tiefgarage, wo unter anderem auch sein Jeep stand.

Die Tür öffnete sich und der Geruch von Autos und alten Abgasen kamen ihm entgegen. Es war totenstill, das Einzige was zu hören war, war das Brummen einiger Lampen an der Decke und seine Schritte.

Mit prüfendem Blick suchte er das Parkdeck ab und wurde fündig. Zwei S-Klassen standen rückwärts eingestellt auf den Plätzen unweit von seinem Jeep. Gut, so gefällt mir das, dachte sich Markus und ging zu seinem Jeep.

Irgendwo lagen doch noch - ja da sind sie - Markus zog aus dem Handschuhfach eine angebrochene Schachtel Zigaretten heraus. Er verschloss alles wieder ging, ohne das er den Videokameras ständig vor die Linse lief, zurück zum Fahrstuhl. Im Inneren des Fahrstuhls wählte er die Taste auf der rechts daneben Gym stand.

Das Studio war komplett leer, seine Blicke gingen Richtung Tischtennisplatte, neben der eine Kiste mit circa sieben Bällen stand. Er nahm vier heraus, drückte sie zusammen und stecke sie in seine Hosentasche.

Wieder auf seinem Zimmer angekommen setzte er sich an den kleinen, aber sehr geschmackvollen Schreibtisch mit Blick auf das tiefschwarze Meer. Dass die Brandung vom Wind auf das Festland gepeitscht wurde, war in dem Hotelzimmer deutlich zu hören.

Er ließ seinen Blick durch das Zimmer schweifen und suchte sie mit seinen Blicken, so als ob sie hinter ihm im Raum wäre und er mit ihr reden könnte. Nur noch einmal ihren Kopf mit beiden

Händen halten und sie küssen, hämmerten ihm die Gedanken durch den Kopf. Diese Gedanken taten ihm körperlich weh.

Er legte die Tischtennisbälle vor sich auf den Tisch, holte die Schachtel Zigaretten heraus, öffnete sie und nahm die restlichen Zigaretten heraus, dann entfernte er das Silberpapier aus dem Inneren der Schachtel, breitete es vorsichtig aus und strich die Falten glatt. Nun zerdrückte er mit seiner Hand die Tischtennisbälle und fing an sie in etwa der Größe eines Cent Stückes und kleiner zu zerreißen.

Als das erledigt war, steckte er die kleinen Tischtennisball Stücke in das Aluminium Papier und drückte das Ganze so zusammen, dass es eine Kugel ergab, aber so, dass die Ballstücke von innen nach außen Kontakt hatten. Der Ball hatte jetzt einen Durchmesser von etwa fünf Zentimeter.

Der Wecker ging um fünf Uhr morgens, die Sonne drückte sich schon zwischen den Vorhängen durch. Es war ein Morgen wie auf einer Postkarte, die heutzutage wohl keiner mehr verschickt.

Ein paar Minuten später zog er, fix und fertig angezogen, die Hotelzimmertüre hinter sich zu.

Markus fuhr direkt in die Tiefgarage, ging geschickt um die Videokameras herum und verschwand hinter den beiden S-Klassen. Tja, welcher von beiden ist es? Markus kroch unter den Ersten herunter und suchte die Bodengruppe ab. Ja so könnte es gehen. Er fand eine Stelle die dem Ball einen guten Halt gab und schnell zu tauschen war, von Fahrzeug zu Fahrzeug. Jetzt hieß es Geduld zu haben. Mit dem Rücken an der Wand lag Markus so, dass er zwar sehen konnte wer in welches Fahrzeug stieg, aber für die kommenden Personen unsichtbar blieb.

Die Minuten verstrichen, die Uhr zeigte mittlerweile sieben Uhr als der Fahrstuhl mit dem charakteristischen Geräusch in der Tiefgarage hielt. Mit dem Blick, unter den Fahrzeugen durch, konnte er deutlich sehen wer auf ihn zukam - es war der Falsche. Das Gesicht des Sicherheitsmannes sah freundlicher aus und er kam auch mit einem sportlichen Gang in seine Richtung. Die S-Klasse links neben ihm blinkte und entriegelte sich. Sehr gut sprach Markus flüsternd zu sich selbst.

So, mach dass du mit der Kiste raus kommst. Schweißperlen hatten sich auf Markus Stirn gebildet.

Der Motor startete und der Wagen bewegte sich in Richtung Rolltor. Markus rollte sich hinter den anderen Mercedes und steckte den Ball in seine Befestigung. Mit einem geübten Griff zog er aus seiner Jacke das Zippo Feuerzeug, klappte den Verschluss nach hinten und machte einen Zündetest. So mein Freund, jetzt darfst du kommen. Das Liegen auf dem harten Bogen schmerzte Markus an seiner Wunde. Als der Fahrstuhl wieder in der Tiefgarage ankam, diesmal war es der richtige Mann. Mit einem Ratsch ging die Flamme des Feuerzeuges an. Markus lag fast komplett unter dem schweren Mercedes.

Die Flamme berührte den kleinen Ball und das Feuer des Feuerzeuges ging auf ihn über. Markus ließ es kurz anbrennen als er das Klicken der Fernbedienung des Fahrzeuges hörte. Man jetzt schnell, die Schritte waren deutlich auf den Wagen zukommend zu sehen. Noch sieben Meter. Mit einem leichten Pusten auf den Ball erlosch die Flamme wieder, eine Qualm Wolke machte sich unter dem schweren Wagen breit. Der Mann stand nun an der offenen Tür des Wagens. Jetzt musst du es sehen und riechen, ging es Markus durch den Kopf. Er konnte die Gedanken förmlich lesen. Keine Bewegung der Beine war zu sehen. Der Qualm nebelte den Ganzen Boden ein. Ein leicht beißender Geruch war dabei in Kauf zu nehmen. Nun reagierte der unbeliebte Sicherheitsmann, er kniete sich auf den Boden, blickte prüfend, leicht panisch unter seinen Wagen. Nur, dass er in der weiteren Sekunde keine Gedanken mehr in seinem Gehirn verarbeiten konnte. Der Tritt auf das Nasenbein kam so schnell und präzise unter dem Wagen hervor, dass er mit seinem Hinterkopf gegen den hinter ihm gepackten Wagen knallte. Der Qualm verzog sich und Markus konnte deutlich die Blutlache sehen, die dem ach so netten Mann aus seiner Nase und seinem Mund lief. Seine Augen waren geschlossen. Ja, er war Ko, ging es Markus durch den Kopf. Mit einem schnellen Griff nahm er das leere Aluminium Papier wieder mit, kroch zu anderen Seite heraus, er lief um die Kameras zurück Richtung Fahrstuhl und drückte die Tür des Treppenhaus auf.

Mit einem Lächeln auf seinen Lippen betrat Markus wieder sein Hotelzimmer. Aber aus der Freude, wurde bald Bedauern, immerhin war es das Hotel seiner Freundin.

Er hoffte, dass es sich nicht schlimmer entwickelte. Markus ließ seine Blicke durch das Hotelzimmer schweifen. Ich packe, glaube das ist wohl das Beste für die gesamte Situation.

Als Markus die Tuben und Flaschen in seine Kulturtasche steckte, klopfte es an seiner Tür. Es war klar wer jetzt zu Besuch kam.

Markus, grinste beim Öffnen der Hotelzimmertür. *War er der Grund für deinen Krankenhaus Aufenthalt?* fragte Fenja leise beim Eintreten in das Zimmer.

Markus nahm auf einer der Ecken des Bettes Platz und nickte wortlos.

Du hast ihm die Nase zweimal gebrochen und seine Lippe sah aus wie ein Schlauchboot, lachte Fenja los,

Ich glaube er sieht ohne die Lippe noch schlimmer aus.

Er hatte es verdient, das weiß ich mein Schöner. Aber in meinem Hotel? Das war nicht die beste Idee.

Markus nickte schuldbewusst, stand auf und blickte durch das Fenster auf die See mit ihren Geheimnissen. *Weißt du, es ging nicht mal so sehr um mich. Ich dachte wie es wäre, wenn er mich von ihr…* er stockte, brauchte einen Moment den Satz zu beenden, *wenn sie jetzt alleine gewesen wäre. Man hätte mich ihr so weggenommen, wenn ich kein Glück gehabt hätte.*

Fenja ging von hinten auf Markus zu und legte freundschaftlich ihre Hand auf seine Schulter.

Hast du jetzt dadurch Verluste?

Nein, alles ist beim Alten.

Markus nickte wortlos und ein leises *Tut mir leid* folgte.

Jetzt frühstücke erst einmal, ich sehe du packst?

Ja, ich habe dir genug Ärger für einen Monat gemacht.

Ach, hör doch auf, lachte die hübsche Hotelbesitzerin los, *da kann ich mich an ganz Anderes erinnern,* dabei küsste sie Markus auf seine Wange, *ich sehe dich unten und wie du das gemacht hast erzählst du mir das nächste Mal.*

Das Gepäck war im Jeep verstaut. Markus stand locker angelehnt um sein Rücken zu entspannen, als Fenja durch die großzügige Hoteltür mit einem Brief in ihrer Hand auf ihn zukam. *Den öffnest du erst zuhause OK?* Markus nickte: *Danke Fenja.* Beide fielen sich in die Arme, *komme bald wieder mein Schöner,* und flüsterte ihm ins Ohr *sie schaut jetzt auf uns herunter und ist bestimmt stolz auf dich, dass du so ein feiner Mann bist.* Markus kämpfte mit seinen Tränen.

Danke für alles, ich schreibe dir wenn ich zuhause bin.

Markus atmete noch einmal tief durch, als er in seinem Jeep Platz genommen hatte und ließ den Motor an.

Die Autobahnen waren frei und zum Glück hat es nicht geregnet, dachte sich Markus als er vor der Tiefgarageneinfahrt seiner Wohnung stand.

Das wenige Gepäck war schnell in allen Schränken verstaut. Was esse ich heute eigentlich? Stellte sich Markus vor der offenen Kühlschrank. Ok du hast mich überzeugt ich fahre einkaufen. Markus sprach mit dem Kühlschrank, als könne der ihm antworten. Nach fünfzehn Minuten startet Markus sein Jeep erneut. Im Supermarkt war es mal wieder viel zu voll und er hätte am liebsten all seine Einkäufe auf dem Kassenband liegen gelassen. Er schrieb Fenja wie versprochen, dass er wieder in seiner Welt angekommen sei. De SMS hatte sein Telefon grade verlassen, als eine Stimme hinter ihm seine Gedanken durchbrach. Das *Hallo Nachbar* klang es ein wenig quietschend, fast schon süß wie Zuckerwatte oder wie aus einem amerikanischen nicht synchronisierten Film.

Kapitel 4

Markus tat so, als ob er nicht gemeint wäre. Aber die Stimme ließ nicht locker. Er blickte sich um und er blickte Joelle direkt in ihre blauen Augen. Markus ließ sein Blick von oben nach unten und wieder nach oben schnellen. *Du kaufst aber sehr gesund ein, du warst paar Tage nicht da, oder?* Markus blicke zu der Kassiererin, die die Situation wohl amüsant fand, da ihr ein breites Grinsen ins Gesicht gemalt war. Joelle trug eine Kleidung die zum Äußeren von Markus grade mal gar nicht passte. Sie trug eine kurze Jeansjacke und eine knallenge Jeans mit Löchern und dazu schwarze High Heels. Markus sah eher wie ein Polizist in Zivil aus, allerdings wie Einer der grade vom Meer in die Stadt versetzt wurde.

Hallo Joelle, war das richtig? Ich werde hier eigentlich nie angesprochen, daher dachte ich auch nicht, dass du mich meinen könntest. Die Kassiererin zog die Lebensmittel mit der Routine einer Weinbergschnecke über den Scanner, so als ob sie den weiteren Verlauf der Unterhaltung keinesfalls verpassen wolle.

Richtig! Warst du beruflich weg? und tolle Gesichtsfarbe. Markus überlegte was er antworten sollte. Er hasste solche Situationen, als die Kassiererin ihn rettete *38,90 € bitte.* Markus griff in seine Tasche und legte eine 50 € Note auf das Band. Was mache ich denn jetzt, grübelte Markus in sich hinein. Beim Einpacken und beim Verstauen des Restgeldes blickte er Joelle erneut an.

Soll ich dich mitnehmen? Markus legte einen Hundeblick auf um eher zu vermitteln, bitte sag nicht ja.

Das würdest du tun? Das wäre Klasse, ich habe nämlich einen Plattfuß. Markus nickte wieder und dachte sich, so ein Mist, da kommt dann direkt das Nächste.

War das grade peinlich für dich? Fragte die Blondine als sie die Türe vom Jeep hinter sich geschlossen hatte. Markus blickte in den Rückspiegel, *nein es ist Alles gut, mache dir bitte keine Gedanken. Ich sage ja, ich bin es nicht gewohnt.*

Wohnst du schon länger hier?

Nein, ich weiß aber nicht genau wie lange. Ich mag das hier ganz gerne, es ist mittlerweile aber auch so schwer eine Wohnung zu bekommen. Von hier ist es dafür aber nicht so weit bis in die Stadt.

Joelle blicke auf das Display der Musikanlage im Jeep. *du hast tolle Musik, aber alles sind sehr traurige Songs finde ich.* Markus durchfuhr ein Blitz. Das Gespräch musste sofort in eine andere Richtung.

Wo hast du denn vorher gelebt? blockte Markus das Thema Musik ab. Joelle erwiderte, *direkt in der Stadt, aber das war mir zu laut und man fand nie einen Parkplatz.*

Markus blicke an einer Ampel zur seiner Beifahrerin. *Jetzt hast du doch einen in der Tiefgarage, oder?*

Genau, das war mir auch sehr wichtig.

So, da wären wir, Markus stellte den Ganghebel auf P.

Schön, dass wir uns jetzt direkt duzen lächelte Joelle Markus an.

Schöner Porsche, stellte Joelle beim Aussteigen fest, als sie den Wagen direkt neben dem Jeep sah. Mit einem kurzen *Ja* bestätigte Markus die Aussage seiner Nachbarin.

Danke sehr, dass du mich mitgenommen hast, schaute die sonst so scheinbar lustige Blondine Markus ernst an.

Sicher gerne, Nachbaren sollten sich helfen, erwiderte Markus.

Das Klack, Klack ihrer High Heels halte durch die Tiefgarage als Joelle Richtung Fahrstuhl und Treppenhaus ging. Kurz bevor sie dort drin verschwand blickte sie noch einmal Richtung Jeep.

Markus sortierte seine Lebensmittel neu, denn die Papiertüte ist auf der großen Kofferraumfläche während der Fahrt umgekippt, er nutze den Moment um noch ein paar andere Sachen im Wagen zu sortieren. In seiner Wohnung angekommen, setzte er sich auf seine Couch blickte seine Palmen an und öffnete eine Nachricht auf seinem Telefon die Fenja ihm noch geschickt hatte.

„Mein lieber Markus es tut mir immer so weh einen so guten Mann wie Dich leiden zu sehen, bitte öffne Dich neuen Menschen es gibt bestimmt noch einen Engel dort draußen, der Dich mehr braucht als Du denkst" Deine Dich jetzt schon vermissende Freundin.

Markus öffnete den Brief wären dessen er die SMS lass. *Mein lieber Markus, das ist keine Rechnung wie sonst, fühle Dich mal wieder eingeladen. Als Wiedergutmachung für Deine Verletzung und schaue mal hinter Deinen Beifahrersitz - einen dicken Kuss von der Holländischen Küste Deine Fenja."*

Markus sprang auf und nicht mal fünf Minuten später stand ein Sixpack mit seinem Lieblings Bier auf dem Wohnzimmertisch, ein Lächeln durchflutete sein Gesicht. Du könntest ihre Schwester sein grummelte er in sich hinein.

Mit einem kurzen Pffft war die erste Flasche offen, der Rest wurde im Kühlschrank verstaut.

Das kühle Bier lief die Kehle hinab, bei dem Geschmack und dem Betrachten der Flasche kamen schöne Erinnerungen hervor. Er ließ sich in seine Ledercouch zurückfallen. Es zuckte hier und da immer wieder in der Schulter, aber das Gefühl am Ende als „moralischer" Sieger aus der Sache gegangen zu sein machte ihn glücklich.

Markus schloss seine Augen und verdrängte alles Böse oder Traurige was sich in seinen Kopf breit machen wollte, er wollte einfach nur dieses Geschenk genießen.

Plötzlich war Musik über ihm zu hören. Er nahm einen weiteren Schluck aus der Flasche und spitzte seine Ohren. Das kenne ich doch, dass hat doch sie bei mir im Jeep auf dem Display gesehen.

Ok die Kleine hat einen guten Geschmack in ihrer Kleidung, aber nicht unbedingt passend für diese langweilige Ecke der Vorstadt. Aber er schätze ihren Mut. Mal hören, was sie noch so laufen lässt. Markus lauschte den Klängen die durch die Decke zuhören waren.

Irgendwann wurde die Musik leiser, es waren nur noch das Klappern ihrer Pumps zu hören.

Scheinbar hatte sie Besuch bekommen. Markus du wirst ja paranoid, wenn du ständig hörst was sie wohl grade macht, dachte er bei sich.

Nach dem das Bier geleert war stellte er die leere Flasche in die Küche und ging Richtung Bad. Als er das Wasser beim Zähneputzen abstellte, vernahm das Geräusch von zwei Menschen die wohl Sex miteinander hatten.

Ok, es war lange her, dass er das hatte, er blickte ernst in den Spiegel. Markus konnte ihre Hände fast spüren, wie sie über sein Gesicht oder seinen Kopf streichelten. Wie sie mit ihm Hand in Hand spaziierte oder sie Hand in Hand autogefahren sind. Er vermisste diese Berührungen mehr als er dachte, denn so hatte ihn niemand sonst gestreichelt und dazu so tief in seine Augen geblickt, bis in die Seele.

Bei ihm war es nicht das eine oder andere was er an ihr liebte, es war das Ganze, das Komplette und diese kleinen Sachen die ihn manchmal innerlich aus der Haut springen ließen und das war nicht auf den Sex mit ihr bezogen.

Nach guten sechs Minuten stellte er fest, dass er die Zahnbürste immer noch im Mund hatte und bei diesen Gedanken völlig vergessen hatte seine Zähne zu Ende zu putzen.

Kapitel 5

Klick, war das Licht im Schlafzimmer aus und so wie es sich anhörte auch der Liebeszirkus über ihm.

Es war abends wie in einem der amerikanischen Spielfilme, die Musik blieb gleich gut, aber der Besuch wechselte wohl oft. Sonst blieb alles immer gleich, es waren kurze Intermezzos die Markus hören konnte.

Tja, die jungen Frauen nehmen sich eben was sie brauchen. Komm du warst nicht besser, dachte er sich. Am nächsten Morgen goss er seine Pflanzen mit Leidenschaft, ich werde mir heute Abend einen guten Film aussuchen und morgen früh zum Training gehen, sonst roste ich noch ein, sprach er zur einer seiner Palme.

Markus stellte seine Sporttasche vorsorglich in den Flur, drehte sich aber noch mal um und sah dort ein Buch liegen, das dort wohl schon länger lag und nie von ihm gelesen wurde. Wenn sich jemand solche Mühe gibt es zu schreiben, sollte man es nicht nur kaufen oder sich schenken lassen, sondern es auch lesen, dachte er sich und nahm es mit in sein Wohnzimmer. Er legte es auf seinen Wohnzimmertisch, nahm die Fernbedienung in die Hand lehnte sich zurück, als der leichte Buchdeckel nach oben aufklappte. Es war wie ein Zeichen *komm lies mich*. Du hast Recht, Markus legte die Fernbedienung zurück auf den silbernen Tisch, griff sich das Buch, klappte es auf und fing an es sich mit dem Buch gemütlich zu machen.

Das Werk packte ihn nicht direkt, aber nach ein paar Seiten war er drin. Auch wenn der Autor ihm erst mal nichts sagte, gefiel ihm seine Art zu schreiben, er beherrschte sein Handwerk. Seite für Seite wurde umgeklappt, die Zeit verging. Es wurde ruhig auf den Straßen und im Haus. Es war noch leise Musik über ihm zu hören, obwohl die Uhr schon Mitternacht angekratzt hatte. Markus störte so etwas nicht, leben und leben lassen, war sein Motto.

Nach circa dreißig Seiten schlief er über dem Buch ein. Ein nervöser Schlaf packte ihn, er hatte böse Träume. Die hatte er oft, sein Freund und Arzt hatte ihm empfohlen das Träumen zuzulassen, weil sein Gehirn das brauche um seinen Verlust verarbeiten zu können. Aber was war mit seinem Herzen, wie verarbeitete das den Schmerz? Genau das fragte Markus einmal den Arzt, der daraufhin nur mit den Schultern zuckte.

Er fand diese Aussage ohne Worte mehr als ehrlich. Sein Arzt hatte ihm in einem persönlichen Gespräch einmal anvertraut, dass sich eines seiner zwei Kinder vergiftet hat, Suizid, das war für Markus kein Weg, sie hätte das nicht gewollt und das wusste er, denn dafür liebte sie das Leben zu sehr. Auch wenn man diese Schmerzen immer und immer durchleben müsste, denn nur daran hätte man messen können, dass all diese Gefühle echt und real waren und nicht nur ein chemischer Zustand.

Plötzlich schoss Markus hoch, als ob er das Einatmen vergessen hätte und es ihm plötzlich wieder eingefallen wäre. Das Buch viel auf den Boden, Schweiß lief über sein Gesicht, sein Hemd war nass, er blickte sich suchend im Zimmer um und versuchte die Fassung wieder zu gewinnen. Sein Puls kam langsam dem normalen Bereich wieder näher. Gott, was war passiert, Markus prüfte die Umgebung, das Einzige was er vernehmen konnte war seine Atmung und da war noch etwas, etwas was er gar nicht deuten konnte. Er blickte auf seine Uhr, es war nach zwei Uhr Nachts.

Was war das? Markus hielt die Luft an. Nun konnte er es deutlicher hören, es war ein Klopfen, aber ohne Takt und ein Brummen. Markus zog wieder frische Luft ein und hielt sie erneut an.

Es war keine Musik, das war sicher, das Trommeln war mal kräftiger und mal kraftloser. Woher kam das? Markus atmete wieder normal, stand von seiner Couch auf, durchstreifte seine schweiß-nassen Haare und lüftete sein nasses Hemd. Das Klopfen wurde deutlicher als er Richtung Bad ging und auch diese Melodie die so gar nicht zum Trommel passte wurde deutlicher.

Dann gab es ein Poltern, Markus schoss ein Blitz durch seinen Amygdala Bereich, er packte sich seine Boots, rannte durch den Flur riss seine Tür auf und kam in das kühle Treppenhaus. Ohne das Licht einzuschalten rannte er ein Stockwerk höher. Das Murmeln war nun deutlicher zuhören, ein Geräusch was wohl die meisten Menschen nur aus dem Fernsehen oder Kino kannten.

Was wenn ich falsch liege? war der letzte Gedanke den Markus erfasste. Dann trat er gegen die Wohnungstür, die nach dem zweiten Tritt aufsprang. Es war fast dunkel in der ihm fremden Wohnung, es kam ihm Zigarettenduft entgegen und nun war das Murmeln zum Schreien geworden, das Schreien, das man aus-stößt wenn man Todesangst hat. Die Wohnung war kleiner, aber ähnlich aufgeteilt wie seine. Die Poltergeräusche waren jetzt deutlich zu vernehmen. Dann stand Markus im Schlafzimmer, ein mittelgroßer Typ, dem eindeutig *verpiss dich Alter, das ist meine Sache* ins Gesicht geschrieben schien, gegenüber und blickte ihm direkt in die Augen.

Ohne ein Wort zu sagen oder einen Blick auf den Körper der fremden Frau zu werfen, spurtete Markus los, mit einem Satz war er auf dem Bett und mit dem zweiten Satz bekam das Gesicht des Mannes einen Tritt wie mit einem Dampfhammer direkt ins Zentrum, inklusive Nase und Mund. Mit einem Krachen fiel der sport-liche etwa 10 Jahre jüngere Typ vom Bett und somit auch von der darunter liegenden Frau, die vor lauter Blut und Angst nichts mehr sehen konnte. Markus stieg vom Bett zu dem auf dem Boden liegenden röchelnden Mann und trat nochmals zu. Diesmal landete er einen Treffer auf dem unteren linken Rippenbogen, die nach dem Geräusch zu urteilen, deutlich unter dem Tritt nachga-ben - mindestens zwei - schoss es Markus durch den Kopf. Das war Etwas was er normalerweise nicht tun würde, er hasste jegliche Form von Gewalt. Aber der Blick zur der jungen blonden Frau, die nur noch wie ein rohes Stück Fleisch auf dem Bett lag und einfach nur um Hilfe bettelte, rechtfertigte dies. Sie selbst konnte nicht einmal sehen, wer ihr überhaupt in ihrem Schlafzimmer zu Hilfe gekommen war. Zudem waren ihre Hände an beiden Seiten mit Seilen am Bett festgezogen.

Der Fremde röchelte nur noch auf dem Boden und seine ach so tolle Männlichkeit hatte ihren Glanz verloren. Das Blut ergoss sich über seiner Brust, nach Markus erster Schätzung war die Nase des Gentlemans gebrochen.

Markus beugte sich zu der kleinen blonden Frau herunter und legte seine Hand vorsichtig auf ihre Stirn und sprach mit leiser Stimme, *alles wird gut, ich komme sofort zurück.* Der jungen Frau flossen die Tränen ohne Unterlass, wie Flüsse liefen sie und sammelten sich in der Halsfalte zu einem See. Markus nahm eine Decke, die er im Wohnzimmer gefunden hat und deckte die junge Frau vorsichtig zu. Dann wandte Markus sich dem schwer atmenden und röchelnden Mann zu. Beugte sich zu ihm runter und sprach leise in sein Ohr, *wenn du jetzt schreist oder anderweitig Stress machst, gebe ich dir einen wirklichen Grund dafür, hast du das verstanden?* Die Augen des Unbekannten gaben ein unmissverständliches Zeichen, dass diese Botschaft angekommen war. Nachdem das geklärt war, zog er ihn an seinen Armen aus der Ecke des Schlafzimmers in Richtung der Wohnungstür.

Auf halbem Wege erblicke Markus die Kleidung des Unbekannten. Er ließ ihn fallen und hob seine Jacke und Jeans vom Boden auf und durchsuchte sie, dort war der Personalausweis des Herren zu finden war. *Schau hin, den behalte ich, falls du auf dumme Ideen kommen solltest ober du sie mit etwas angesteckt hast, was der Arzt mit einer Woche Tabletten nicht mehr in den Griff bekommt. Ich werde dich finden egal wo du dich versteckst und dann spielst du mir dein Lied vom Tod.* Markus' Gesichtsmuskeln verzogen keine Miene, nun das Zeichen des vollkommenden Entschlossenen war in sein Gesicht gemeißelt. Der Unbekannte, der sich vor Schmerzen auf dem Boden vor Markus hin und her rollte, bekam seine Jeans und Jacke auf den Körper gelegt, seinen Autoschlüssel drückte Markus ihm in die völlig verkrampfte Hand und zog er den Typen vor die Wohnungstüre.

Wenn ich gleich wieder komme bist du weg, haben wir uns verstanden? Der Unbekannte machte mit einem weiteren Blick klar, dass er auch diese deutliche Nachricht verstanden hatte.

Markus schloss die Wohnungstür und ging zielstrebig in die Küche und suchte dort ein Messer aus der Schublade. Als er das Schlafzimmer wieder betrat hörte er nun ein leises Winseln, mit einem, *ich bin es wieder* betrat er das Schlafzimmer der ihm im Grunde fremden Nachbarin. Mit leiser ruhiger Stimme sprach er zur ihr *ich schneide dich jetzt los, hab keine Angst.* Es kam keine Antwort, aber die musste sie auch nicht geben. Die sonst so hübsche Frau sah zerstört aus und die Schmerzen waren ihr deutlich ins Gesicht geschrieben.

Mit zwei geübten Schnitten war Joelle wieder frei. Markus nahm langsam ihre Arme und legte sie ihr vorsichtig auf ihren Bauch. Zum Glück sind die nicht gebrochen, dachte er sich Markus. Joelle versuchte etwas zu sagen, *nein sag jetzt nichts* unterbrach Markus die Worte, die aus ihrem Mund mit Blut und Speichel gemischt gar keinen Sinn ergaben, was zuletzt auch dran lag, dass ihre Lippen wie ganze Gesicht geschwollen waren.

Er hatte mit seinen Gefühlen zu kämpfen, ihm tat diese junge fröhliche Frau so unendlich leid. *Joelle höre mir bitte zu. Sag mir bitte ob dir innerlich etwas weh tut, sind deine Rippen oder andere Knochen gebrochen? Falls du das überhaupt so spüren kannst?*

Joelle liefen wieder die Tränen herunter, sie zog nur die Schulter fast unmerklich hoch.

Pass auf, du musst ins Krankenhaus, das muss sich ein Arzt an-sehen! Joelle bewegte ihren Kopf nach links und rechts. *Warte ich komme gleich wieder.* Markus bewegte sich langsam Richtung Bad, um sie nicht wieder zu erschrecken.

Nach dem er ein Handtuch nass gemacht hatte und einen Becher mit Wasser gefüllt hatte kam er wieder ins Schlafzimmer. *Hier trink erst mal was, aber ganz langsam,* dann hielt er den Becher mit kühlem Wasser an ihre Lippen. Das Wasser lief zum Teil in ihr Bett, weil die Lippen sich nicht richtig dem Becher anpassen konnten. Markus wischte ihr vorsichtig das Gesicht mit dem kühlen Handtuch ab. Joelle verschloss ihre Augen.

Joelle wir müssen ins Krankenhaus, das muss sich ein Profi an-sehen. Ich meine das ernst, wiederholte Markus seinen Satz.

Was du dem sagst, musst du wissen, dabei hielt Markus den Ausweis des Unbekannten hoch ohne dass sie das Bild drauf sehen konnte. *Pass auf, wenn du möchtest fahre ich dich oder der Rettungswagen kommt hier her.*

Joelle fasste nach der Hand von Markus und griff schwach zu, trotzdem war zu spüren, es war Angst die ihren Körper durchfuhr. Sie wusste nicht was sie tun sollte. *Möchtest du dass ich dich fahre?* Joelle nickte und erneut liefen die Tränen. *Hör zu, ich gehe jetzt runter hole meine Schüssel* sie riss ihre Augen weit auf und schüttelte den Kopf mit der letzten Kraft die sie noch hatte. Markus streichelte ihr über ihre verschwitzen Haare, *du musst keine Angst mehr haben. Ich komme sofort wieder und du weißt ja wo ich bin. In einer Minute bin ich wieder bei dir.* Sie machte ein Geräusch, was wohl in ihrer Situation als *Ja* zu deuten war und Markus in seinem Vorschlag sie zu fahren bekräftigte.

Er betrat das Treppenhaus, es war leer, nur eine Blutspur, die sich bis zum Fahrstuhl zog, war zu sehen.

Mit ein paar geschickten Griffen sammelte Markus eine große Decke, seine Schlüssel, sein Telefon ein und warf sich ein Sacco über.

Wieder ein Stockwerk höher angekommen, sprach Markus schon im Flur mit ruhiger Stimme, *Joelle ich bin wieder da. Ich muss etwas Licht machen, erschrecke dich nicht.* Als das Licht den Tatort mit Licht ausfüllte musste Markus das, was er sah, überspielen. Das Gefühl den Unbekannten noch mal aufsuchen zu müssen kam in ihm hoch. *Soll ich dich anziehen oder dich einfach in die Decke einwickeln?*

Zieh mich bitte an, sagte sie tapfer. Joelle sah in seinen Augen die Trauer und den Schmerz, der sich nicht nur aus der Sache die sie jetzt erleiden musste hervor trat.

Markus hatte das Nötigste aus ihren Schänken zusammen gesucht. *Ich ziehe dir jetzt erstmal nur ein T-Shirt über.* Markus machte das Licht wieder aus. Nur das Licht aus dem Flur schien in das Zimmer. Er wollte der Frau ihre Würde wieder geben, jedenfalls soweit es in dieser Situation möglich war. Er glaubte, dass sie eine Frau mit viel Ehrgefühl und Selbstvertrauen war. Er fand sie sehr hübsch, aber nicht ihr Körper war das, was sie am Ende so hübsch machte, sondern ihre Art. Markus' Blicke senkten sich, denn er hoffte, dass sie diese kostbare Art wieder zurückbekommen würde.

Meinst du, den Slip schaffst du alleine? Joelles glasige Augen sprachen Bände, sie musste furchtbare Schmerzen haben. Seine Gedanken glitten in die Vergangenheit ab. Hoffte, dass Sie damals nicht so schlimm leiden musste. Der Arzt sagte ihm zwar damals in der Nacht etwas anderes, aber er hatte auch einen guten Grund dafür gehabt. *Ich ziehe dir den Slip über deine Füße und dann versuchen wir, dass du aufstehen kannst.* Es war gesagt und getan. Nachdem Joelle vor Schmerzen kurz aufschrien hatte, konnte sie auf ihren eigenen Füssen stehen. *Was macht der Kreis-*

lauf? Pass auf, ich werde dich in diese Decke einwickeln. Denn gleich muss das alles wieder ausgezogen werden. Ich habe deine Hausschuhe dort vorne liegen sehen, die ziehen wir dir über. Joelle zog Markus an sich heran und drückte ihn so kräftig ihr es noch möglich war.

Hey, was ist los? fragte Markus erstaunt.

Joelles Stimme flüsterte leise in sein Ohr, *das werde ich dir niemals, niemals in meinem Leben vergessen.*

Markus drückte die junge Frau sanft. *Schon gut, komm wir müssen dich jetzt untersuchen lassen.*

Warte, ich muss dir meinen Haustürschlüssel geben, unterbrach sie den Krankentransport. Markus ließ den Schlüssel in seine Tasche gleiten. Er trug Joelle in der Decke eingerollt zum Fahrstuhl. Das Licht in der Fahrstuhlkabine war kalt. Was die Ausmaße der Gewalt in ihrem Gesicht deutlich zur Geltung brachte, aber ihre Augen waren warm und funkelten, es war schön zu sehen, das diese junge Frau vielleicht nicht ganz dran zerbrechen würde, das zumindest hoffte Markus aus tiefsten Herzen. Zumal die unglaublichen Schmerzen und die Angst die diese Frau vor nicht einmal fünfzig Minuten erlitten hatte sie vermutlich noch zahllose Tag und Nächte immer und immer verfolgen werden.

Was ist passiert? fragte die Schwester in der Notaufnahme, die sofort von ihrem Empfangstisch aufgesprungen war als Markus die blutige und geschwollene Joelle durch die Schiebetür trug.

Legen sie, sie hier hin, forderte die Krankenschwester ihn auf. Joelle strecke den rechten Arm aus, als ob sie Markus, der im Begriff war den Raum zu verlassen, nicht gehen lassen wollte. *Ich muss nun gehen, die helfen dir hier jetzt.* Ein Arzt und eine Ärztin kamen in den sterilen Raum gerannt.

Markus ging durch die Menschen die in der Notaufnahme saßen, er musste raus. Vor der Türe suchte er Zigaretten in den Innentaschen seines Saccos, aber schaffte es nicht mehr, er ging in die Knie. Seine Hände waren mit ihrem Blut verschmiert, genauso wie das Sacco und sein Shirt. Diese Kombination, jetzt mit den Erinnerungen vor nicht allzu langer Zeit, zerriss sein Herz.

Entschuldigen sie, hörte Markus verschwommen und ein Taschentuch wurde ihm in seine Hand gedrückt. *Sie möchte sie sehen.* Beim Blick auf seine Armbanduhr stellte er fest, er hatte zwei ganze Stunden vor der Notaufnahme gehockt und wohl alles um sich herum vergessen. Seine Augen waren von dem Weinen geschwollen. *Kommen sie, ich bringe sie zu ihr.*

Wortlos folgte Markus der höflichen Krankenschwester wieder ins Innere des Krankenhauses.

Als die Türe sich elektrisch öffnete, schaute Joelle Markus fragend an? *Warum hast du geweint?*

Geht's Dir besser? blockte Markus sofort ab. Er stand nahe an dem Bett von Joelle, die anfing seine Hand zu suchen. Als Markus das merkte legte seine Hand in die ihre, und spürte den Druck den sie versuchte auszuüben.

Ja es geht mir besser, dank dir.

Ach sie sind der Held, drehte sich die Schwester, die grade noch ein Formular ausfüllte, um.

Nein, antwortete er *ich bin kein Held. Jeder mit gesundem Menschenverstand hätte geholfen.*

Na und bescheiden sind sie auch noch, klopfte die Schwester Markus auf die Schulter. *Sie wissen, dass wir in diesem Fall gezwungen sind die Polizei zu verständigen?* Markus antwortet nicht auf die Aussage der Krankenschwester. Er wusste, dass was er getan hatte war Selbstjustiz und somit strafbar war. Es lag jetzt an Joelle, was sie bei den Beamten aussagen würde hätte dann Konsequenzen für ihn oder auch nicht.

Markus Blick ging zurück, Joelle hatte ein zartes Lächeln auf ihren Lippen, was man im Grunde noch von ihnen sehen konnte. Kühlpakete und Pflaster zierten jetzt ihr Gesicht und der andere Arm wurde mit Kochsalzlösung und vermutlich Schmerzmitteln versorgt.

Ich werde jetzt fahren, unterbrach Markus die Ruhe in dem Raum, *dir ein paar Sachen packen, die du vermutlich hier brauchst und dann morgen wiederkommen. Soll ich jemanden für dich anrufen?*

Danke, das ist nett von dir. Nein, aber wenn du mein Smartphone finden solltest, bringe es bitte mit.

Markus hatte ein paar Stunden geschlafen die er sich mit drei Wodkadrinks erzwungen hatte.

Neben sich eine Tasche mit Kleidungsstücken und ein paar Dingen die man im Krankenhaus wie er vermutete so als Frau braucht. Außerdem hat er die Kleidung und das Bettzeug in Papiertüten gesteckt, einen Freund angerufen der die Türe wieder herrichten sollte und zusätzlich das Blut im Flur verschwinden lassen.

Er setzte sich an sein Esszimmertisch, zog den Personalausweis aus seiner Hosentasche und blickte auf das Gesicht und den Namen sowie die Adresse. Aus Frankfurt am Main bist du, dann hattest du aber eine lange Fahrt. Der Blick auf den Ausweis wurde durch das Brummen seines Telefons, das auf dem Tisch vor ihm lag unterbrochen.

Hey, sag mal, das mit der Tür warst doch du, oder nicht? fragte die Telefonstimme neugierig.

Was? Wie kommst du denn darauf?

Ach, Markus nur so eine Ahnung.

Habe einer Nachbarin nur einen Gefallen getan, antwortete Markus knapp.

Gut, es ist alles wieder so wie es vorher war, erwiderte die Telefonstimme. *Ein Nachbar hatte mich gefragt ob ich wüsste was da passiert ist. In der Nacht sei es mal kurz laut gewesen, aber er hätte sich nicht getraut nachzusehen.*

Dann ist doch alles gut, danke sehr Frank du bist und bleibst der Beste. Schickst du mir die Rechnung?

Natürlich, sie kommt die Tage und der Schlüssel ist in deinem Briefkasten.

Danke noch mal, Frank bis zum nächsten Mal. Dann legte Markus wieder das Telefon zusammen mit Ausweis auf den Tisch und leerte seine Kaffeetasse. Er faltete die Hände und beobachte eine Stubenfliege, die ihre Kreise durch das Zimmer zog. Diese Nacht hatte auch an seiner Seele wieder tiefe Risse hinterlassen. Die Sonne schien als würde sie sich persönlich bedanken wollen für das, was er letzte Nacht getan hat.

Der Klang des Porsches in der Garage fühlte sich so rein und sauber an als er ansprang, dass Markus sogar mal wieder ein Lächeln aufbrachte.

Das Rolltor der Tiefgarage fuhr hinauf, Markus verharrte mit seinem Blick auf der Auffahrt. Hier lernte ich dich kennen, obwohl ich das nicht wollte und auch nicht will und schon ein paar Tage später trete ich deine Wohnungstür ein. Das Leben spielt seltsame Geschichten, solche die ich gar nicht brauche, warum kommen die immer wieder zu mir? fragte sich Markus selbst laut im Wagen. Dann drückte er das Pedal durch und der Wagen bewege sich vorwärts.

Es wird bestimmt die Polizei vor Ort gewesen sein und an ihr herumgeschraubt haben um zu erfahren was in der Nacht passiert ist. Dann wird wohl mein Name gefallen sein und zack... Naja, ich stehe zu dem was ich getan habe. Auch wenn ich dafür Ärger bekomme würde ich es in derselben Situation wieder tun – das waren Markus' Gedanken als er mit dem Fahrstuhl in die fünfte Etage des Krankhauses fuhr.

Die Tasche mit ihren Sachen fest in seiner Hand, incl. Telefon und Ladekabel. Alles dabei so stellte sich Markus vor wenn man seine Kinder im Krankenhaus besuchen kann wenn sie Blödsinn gemacht haben und sie über Nacht bleiben müssen. Markus Erinnerungen glitten in seine Kindheit ab. Denn er war der jene der im Krankenhaus besucht wurde, es war zwar nur seine Mutter aber das war schon toll. Wir hätten ein Kind bekommen sollen, es wäre ein toller Mensch geworden da bin ich mir ganz sicher. Ich hätte jetzt für unser Kind alles machen können. *Aber das hast du uns verweigert, sogar das wir mehr Zeit zusammen haben sollten hast du uns verweigert. Du bist kein fairer Gott oder du warst eifersüchtig auf das Glück. Ich hätte gerne Antworten von dir aber du bist nie erreichbar für mich.*

Total vertieft in diesen Gedanken, mit der Hand zum Klopfen an der Krankenzimmertüre bereit stellte er fest - keine Blumen.

Alles wieder auf Anfang und wieder runter fahren, ohne Blumen kannst du dort nicht rein gehen. Wieso eigentlich nicht? Ich weiß warum, wenn ich sie nicht gehabt hätte, du hättest für uns welche gekauft. Darin warst du einfach unschlagbar. Ich vermisse dich.

Kann ich ihnen weiter helfen? Drang eine Stimme in sein Bewusstsein ein.

Oh ja, sicher entschuldigen sie, murmelte Markus umständlich der Frau vom Blumenstand im Krankenhaus zu.

Mit einem Blumenstrauß, der sagen: wollte, *ich hoffe es geht es dir bald wieder besser, aber du bist nicht meine Frau oder Freundin,* in der Hand klopfte Markus an der Zimmertüre und ging auf leisen Sohlen hinein. Die Augen fingen an zu funkeln wie Sterne als Joelle Markus und die Blumen in seiner Hand sah.

Hey wie geht's dir? Ich wollte dir erst ein Buch von Richard David Precht kaufen, aber ich dachte vielleicht fange ich erst mit Blumen an.

Das ist süß von dir, die sind so schön. Markus füllte eine Blumenvase, stellte den Strauß hinein und auf ihren Nachttisch. Joelle sah, obwohl man deutlich sehen konnte, dass sie einen Schmerz in sich trug, wieder etwas besser aus,

Als du die Tage weg warst, wo warst du da?

Markus überlegte ob er der jungen Frau die Wahrheit sagen sollte, oder einfach etwas erfinden was sie aufmunterte. *Ich war bei einer Freundin in Holland,* gab Markus knapp als Antwort und er wusste, dass ihr das nicht reichte.

Die Freundin? schoss die Frage wie aus der Pistole geschossen direkt hinterher.

Nein, sie ist eine nur wirkliche gute Freundin, vielleicht meine Beste.

Ok, grinste Joelle, was Markus gefiel, er wollte, dass sie diese Nacht einfach aus ihrem Gehirn streichen konnte. Aber dafür war er nicht zuständig.

Erzähl mir von dort, hakte Joelle nach.

Sie hat ein Hotel, weiß angestrichen mit einem neuen Anbau, direkt am Meer an der Nordsee, nahe an den Dünen wo der Wind direkt vom Meer hoch kommt und dir diesen leichten salzigen Geschmack im Mund verursacht, dir deine Haare durchströmt, es ist fast schon ein Streicheln. An sonnigen Tagen kannst du sehr weit schauen, dort wo die Sonne untergeht und nichts stört oder trübt dein Blick. Du kannst die Möwen beobachten die den Stand abfliegen. In beide Richtungen kannst du Kilometer weit laufen.

Der Strand ist sauber, darauf wird geachtet. Wenn es regnet oder Gewitter ist kannst du die Blitze in das Meer einschlagen sehen. Aber selbst im Regen macht das spazieren Spaß, selbst der Regen schmeckt manchmal salzig und wenn man sich ... Markus stoppte den Satz und blickte durch das Zimmerfenster nach draußen, er versuchte die Gedanken auf etwas anders zu lenken.

Wenn man sich was? fragte Joelle natürlich nach, *ich konnte das Hotel in den Dünen fast vor meinen Augen sehen.* strahlte Joelle Markus an.

Ja wenn man den Regen mit der Zunge einfängt. Wollte ich sagen, brachte Markus als kleine Lüge hinein. *Was sagen die Ätzte?* Schob er direkt hinterher.

Alles soweit ok, paar Tests laufen noch. Meine Nase ist nicht gebrochen, darüber bin ich froh. Und keine Sorge, die Polizei hat keine Info wie es in Wahrheit gelaufen ist. Ich habe in etwa mitbekommen was du mit Ihm gemacht hast, ich möchte nicht dass du dafür bestraft wirst.

Markus nickte *Danke,* kam leise aber klar über seine Lippen. *Ich habe alles zusammen in Papiertüten gepackt, also wenn du das der Kripo noch übergeben möchtest?*

Nein, du musst dich bei mir nicht bedanken. Du hast etwas sehr, sehr Gutes getan etwas das in der Gesellschaft heute nicht normal ist, die Meisten hätten vermutlich gefilmt und es ins Internet gestellt oder direkt mitgemacht.

Markus blickte mit starrem Blick die junge Frau an und hätte am liebsten etwas dagegen gesagt aber sie hatte in den Punkten leider Recht, nur es wurde nicht alles schlimmer, wie die meisten behaupten. Man sollte sich nur nicht in einer Blase bewegen, denn für die Menschen die das tun wird immer alles schlimmer, dachte sich Markus.

Ich habe Dir dein Telefon mitgebracht und ein paar Sachen die du wohl hier noch brauchen wirst.

Das ist lieb von dir.

Waren denn schon ein paar Besucher hier?

Nein, erwiderte sie etwas peinlich berührt. *ich glaube das muss in diesem Fall auch nicht sein.*

Markus nickte verständnisvoll, *wann darfst du denn das hier verlassen?*

Ich hoffe sehr schnell, es ist nicht grade mein Lieblingsort.

Gut, ich verlasse dich für heute erst mal, wenn du möchtest komme ich morgen wieder?

Das wäre schön, antwortete sie. *Darf ich dich etwas fragen?*

Na aber sicher, bitte frag.

Meinst du, ich darf deine Telefonnummer haben? Wenn ich nachts.....

Markus legte seine Hand vorsichtig auf ihr zugedecktes Bein. Eigentlich, wollte er das nicht, aber er konnte sie sehr gut verstehen. Sie war einsam in der Sache und wollte nicht jedem diese Geschichte wieder und wieder erzählen. Noch nicht mal er wusste alles, aber Markus wollte auch nicht fragen. Sie würde es, wenn von alleine machen. Er schrieb ihr seine Nummer auf einen Zettel, der grade auf dem Tisch lag, mit den Worten.

Melde dich, jederzeit gerne - Grüße Markus.

Kapitel 6

Auf dem Parkplatz angekommen flutete er seine Lunge mit frischer Luft. Die Krankenhausluft schnürte ihm immer die Luft ab.

Hey, fährst du raus? Hörte er eine Stimme hinter sich und blickte in den Rückspiegel. Markus startete den Boxermotor ohne dem jungen Mann eine Antwort zu geben.

Er fuhr planlos Richtung Stadt, schon wieder packte ihn die Sehnsucht nach Wasser, dann kam ihm eine Idee die wohl für seinen Seelenfrieden nicht gut war. Aber diese Stelle am Rhein war einfach schön. Es war eine Zufahrt um kleinere Boote zu Wasser zulassen. Der Weg war betoniert und man konnte nicht weit von dort parken.

An einer Tankstelle kaufte er sich eine Flasche Bier, die so golden schimmerte wie die Sonne die grade auf das Land schien. Um diese Uhrzeit waren die meisten Leute arbeiten, was die Suche nach einem Parkplatz erheblich vereinfachte. Mit der Flasche in der Hand ging er bis an die Wasserkante blickte über den Rhein auf das andere Ufer und auf den Boden auf dem er stand.

Mit den Worten, *entschuldigen sie* kam eine sehr junger Mann auf ihn zu. Markus wandte sich dem Unbekannten zu. *Hätten Sie vielleicht ein Feuerzeug?* Wortlos nickte er und griff in seine Hose und zum Vorschein kam einfaches Einwegfeuerzeug, der junge Mann bot Markus eine Zigarette an, die er dankend annahm. *Kannst es behalten.*

Danke sehr, mit einem glücklichen Gesicht verließ der junge Mann das Rheinufer wieder.

Die Zigarette mit dem Bier weckten immer schöne Erinnerungen. Er rauchte heute viel weniger als früher, wenn es mal fünf oder sechs am Tag überhaupt werden. Aber diese Kombination war schon schön an einem solchen sonnigen Tag.

Markus hatte nach ihrem Tod diesen Ort nie mehr betreten. Er fuhr mit ihr durch die Sommernacht, wie zurzeit die Nächte wieder sind, richtige Sommernächte. Sie hatten sich wegen irgendetwas gestritten und er wollte das aus der Welt schaffen. Wie klein diese Dinge jetzt erscheinen und wieviel Zeit mit sowas verschwendet werden konnte.

In dieser Nacht lagen sie beide an diesem Ufer, blickten in die Sterne und beobachteten die Flugzeuge, die weit über ihren Köpfen lautlos den Himmel durchquerten. In dieser Nacht, sie ließ es wieder zu das er ihre Hand festhalten konnte. Ihre Enttäuschung über den Streit wich der Liebe, es war einer der schönsten Momente für ihn und Markus hoffte, dass auch sie das mit in ihrem Herz getragen hatte bis, ja bis zum Schluss.

Als er zu seinem Wagen kam hing ein Zettel an seinem Scheibenwischer. Drei Stunden waren wie im Flug vergangen. Was durch den Liebesbrief von der Stadt der an Scheibe flatterte bewiesen wurde.

Auf dem Rückweg sprang Markus wieder in die Tankstelle wo er das Bier gekauft hatte und brachte die leere Flasche zurück. Als er auf das Titelbild des Kölner Express aufmerksam wurde. „Horror Unfall auf der Autobahn A3 ein Toter". *Ich nehme eine mit* und hielt dem Mitarbeiter den Express hin.

Sicher, macht 55 Cent nach Abzug vom Pfand.

Zuhause angekommen öffnete er seine Post, die mal wieder wie meist mit viel zu viel nerviger Werbung vermischt war. Müll, Rechnung so kamen die Briefe immer auf die zwei Stapel. Mittlerweile was die Sonne auch untergegangen und man konnte die Fenster etwas zum durchlüften öffnen. Er blickte auf eine Kerze, ja, das wäre eine schöne Stimmung, Markus fing an in seiner Hose nach dem Feuerzeug zu suchen. Stimmt ja, das liegt jetzt woanders, lächelte er. Mit suchendem Blick durch sein Wohnzimmer fand er dann auch ein anderes und aus einer Kerze wurden fünf die brannten. Ein gutes Licht und es konnte losgehen. Nach dem er noch eine Pizza und einen Salat bestellt hatte vertiefte er sich in den Thriller.

Als sein Telefon zum dritten Mal aufleuchtete war er bereit zu prüfen wer ihm geschrieben hatte.

Es war kein Name, sondern nur eine Nummer. Das konnte nur Joelle sein, schoss es Markus durch den Kopf. Mit den *Worten guten Abend, ich hoffe ich störe nicht, deine Nachbarin Joelle.* Er speicherte die Nummer kurzerhand und antwortete. *Ich habe grade gelesen und was machst du?*

Ich liege wach und mir geht so viel durch den Kopf und fühle mich unendlich einsam.

Was soll ich denn drauf antworten? Markus blicke auf den Text der Nachricht, jedes Wort konnte das Falsche oder das Richtige sein.

Ja, ich vermisse deine Musik in meiner Wohnung.

Ein Smiley, der wohl ausdrücken sollte das es ihr peinlich war mit dem Text *oh war das zu laut?*

Schon gut, nein alles fein, ich höre doch diese Musik auch gerne. Wann darfst du das Krankenhaus wieder verlassen? antwortete Markus.

Morgen, nach dem der Arzt da war darf ich wieder raus. Aber muss noch mal zu einer Kontrolle in zwei Wochen.

Möchtest du, dass ich dich abhole? erwiderter Markus die Nachricht.

Ja, das wäre sehr schön wenn du das machen möchtest.

Machen möchte? Dachte Markus in sich hinein, eher nicht, aber der kleine Vogel brauchte das jetzt.

Gut ich bin um zehn Uhr bei dir, verschickte Markus seine Antwort.

Total nett von dir, wie magst du deinen Kaffee? leuchtete das Handy wieder auf, mit der Nachricht im Speicher von Joelle.

Mit Milch, sendete Markus kurz. Ihre Antwort kam so schnell zurück als ob sie diese schon fertig hatte oder sie einfach so schnell im Tippen war, weil sie das ständig tat.

Das ist schön, ich freue mich, danke gute Nacht und sorry für das Stören, Joelle.

Markus tippe noch eine Nachricht die er aber nicht mehr versendete, sondern löschte.

Wieso wache ich so früh auf? wunderte sich Markus am nächsten Morgen. Die halbe Nacht feilten die Erinnerungen in seinem Kopf und nun wurde er dazu noch zu früh wach. Genervt drehte er sich um, um einen Blick auf seinen Radiowecker zu werfen. Es war kurz nach sechs Uhr. Das Licht aber schien schon stark durch die Rollläden, so dass das Bild zu erkennen war und er es mit einem Blick voller Sehnsucht betrachtete. Gut Sonne, du hast gewonnen, er stand auf, stellte das Wasser auf heiß und begab sich unter seine Dusche.

Das werden heute bestimmt mehr als zwei Kaffee zum Frühstück. Mit Ei und Avocado auf Toast setzte sich Markus an seinen Esszimmertisch und lauschte dem Radio. Es ist inzwischen Acht Uhr, die Nachrichten aus der Region Deutschland und der Welt.

Nachrichten! Plötzlich hatte er vor seinem inneren Auge den Express, der noch im Porsche im Fußraum lag. Gut, den lese ich gleich im Auto. Jetzt habe ich Zeit für meine Wäsche. Nach dem er seinen Hausarbeiten nachgekommen war, zeigte die Uhr, dass es Zeit war aufzubrechen. Markus sammelte drei Schlüssel ein, Joelles, Auto und Haustüre los geht's. Im Auto angekommen klappte Markus seinen *Express* auf. Seite drei so, so.

Markus lass quer im Text, ein etwa Mitte dreißig bis Mitte vierzig jähriger Mann verlor am frühen Morgen auf der Autobahn Richtung Frankfurt am Main fahrend, die Kontrolle über seinen Mercedes CLS und überschlug sich mehrfach. Die Polizei konnte sich bis jetzt kein Bild vom Hergang des Unfalls machen, da es auf vollkommen grader und trockener Strecke passierte. Ob es ein Fahrfehler war oder Drogen bzw. Alkohol im Spiel waren, wollte die Autobahnpolizei nicht ausschließen, genaueres erwartet man nach der Obduktion der Leiche. Markus zog sich seine innere Backe in den Mund und grübelte. Auf dem Bild der Zeitung konnte man einen total zerlegten weißen Mercedes erkennen.

Guten Morgen, Joelle saß auf ihrem Bett, die Tasche neben sich stehend und lächelte Markus an.

Guten Morgen, ich sehe der Trainingsanzug ist wohl nicht der Neuste? Etwas kurz oder? Entschuldige, Markus verzog peinlich das Gesicht.

Joelle widersprach ihm, *nein Alles ist gut, du kennst dich doch im meinen Schränken nicht aus und bin dir dankbar, denn ich würde das Krankenhaus ungerne wieder in einer Decke verlassen. Deine kann ich allerdings auch erst in ein paar Tagen bei der Kripo abholen.* Markus nickte einverständlich. Es war schön, den kleinen blonden Vogel wieder halbwegs lächeln zu sehen. Es machte ihn glücklich, sie war zwar noch grün und blau im Gesicht und um die Augen geschwollen, aber das Lächeln war wieder zu erkennen.

Komm, gib mir deine Sachen ich trage sie. Als beide den Gang im Krankenhaus Richtung Fahrstuhl entlang gingen klatschten die Pfleger und Krankenschwestern, die im Gang standen. Sie wollten ihm wohl damit ihren Respekt für die Zivilcourage die er bewiesen hatte ausdrücken. Joelle legte ihren Arm um seine Hüften, Markus war dieser Moment zwar peinlich, aber er sah, dass die Menschen einfach Helden brauchten, auch wenn er sich nicht als solcher fühlte, es sollte mehr davon geben fand er in diesem Moment.

Darf ich dich zum Kaffee bei mir einladen? Sag bitte nicht nein! Ich möchte jetzt nicht alleine in meiner Wohnung sein, ich hoffe du verstehst mich. Markus bestätigte den Wunsch durch das Starten des Motors. *Dir gehören also beide Autos in der Garage?*

Ja aber nur diese beiden, nicht das du noch denkst ich wäre reich, klärte Markus die junge Frau auf.

Nein, darüber habe ich mir keine Gedanken gemacht, ich beurteile keine Menschen nach ihrem Besitz.

Kann ich dich etwas fragen? Zu dem, ...ich denke du weißt wen ich meine, oder?

Natürlich leg los, antwortete Joelle.

Kannst du dich an das Auto von ihm erinnern und weißt du woher er kam?

Joelle kniff ihre Augen fest zusammen. Sie wusste, dass er nicht ohne Grund diese Frage gestellt hatte. *Er hatte gesagt, er käme aus Frankfurt er würde an der Börse arbeiten und er hatte so einen Protz Mercedes, aber was für einer genau weiß ich nicht. Reicht dir das?*

Ja, Markus lächelte *ja, das ist ok so Danke.*

Als die Fahrstuhltüre aufging blieb Joelle stehen, so dass Markus als erstes heraus ging. Als er nach zwei Metern merkte, dass Joelle nicht hinter ihm war ging er zurück und blickte auf eine junge Frau sich zu einem Mädchen gewandelt hatte Sie saß mit angewinkelten Beinen auf dem Fahrstuhlboden und zitterte, Tränen topften vom ihrem Kinn. Joelle presste ihre Hände so fest zusammen, dass sie sich ihre Fingernägel tief ihre Hände bohrten, so tief, dass sogar Blut heraustrat.

Markus stelle die Tasche in die Türe des Fahrstuhles und kniete sich zu ihr herunter, er legte seine Hand auf ihre Hände die ihre Beine fest umklammerten und eiskalt waren. Dann explodierte ihre Angst, sie fiel ihm um den Hals, umarmte ihn ganz fest und weinte bitterlich. Markus Kehle war wie zugeschnürt. Er kannte Trauer nur zu gut, denn die erlebte er immer und immer wieder jeden Tag, Aber er ging mit der Angst anders um und natürlich konnte er sich in diese Frau nicht so hineinversetzen, das wäre anmaßend.

Sie konnte das bestimmt auch nicht bei ihm, was er auch gar nicht gewollt hätte.

Joelle, was möchtest du jetzt tun? fragte er sie leise. Das Einzige was sie machte, war ihren Kopf zu schütteln, sie konnte vor lauter Weinen nichts sagen.

Joelle, ich bin bei dir, zusammen schaffen wir das! Er wusste, dass es eine idiotische Aussage war, denn er hatte genau diesen Satz nach ihrem Tod zu oft gehört und wusste wie es ist, wenn Nachts die bösen Geister kommen und einen auch den ganzen Tag durch verfolgen. Jede Erinnerung, ob es ein Parkplatz, ein Schild oder ein Bild ist. Immer wieder erinnert man sich daran. Das Schlimmste sind bestimmte Lieder und ihr Duft in der Kleidung, die noch immer in ihren Schränken hing, da war dieser unverkennbare Duft ihrer Haare, so wie er ihn wahrnahm wenn er sie streichelte und durch ihre Haare fuhr.

Aber nun ging es um diese junge Frau, die zitternd in seinen Armen lag und um Hilfe flehte. Es wusste zwar, dass er alles nur falsch machen konnte, aber lieber falsch, als gar nichts. Er war auch nur ein Mensch.

Joelle versuchte sich zu fangen, sie hatte das Gefühl von Geborgenheit und Schutz bei ihm bekommen, sie spürte sein Herz klopfen und die Wärme die er verströmte, sie liebte das Gefühl wie er ihr über ihren Kopf streichelte.

Tut mir Leid, flüsterte sie und stand mit ihm zusammen auf. Mittlerweile stand eine ältere Nachbarin die den Fahrstuhl benutzen wollte hinter den beiden. *Ist alles in Ordnung bei ihnen?*

Jaja, alles ok, danke sehr, Markus deckte Joelle so gut es ging ab, damit die Nachbarin sie so nicht sehen konnte.

Ihre Tasche!

Danke, stellen sie sie einfach an die Seite. Die Nachbarin tat genau das.

Die Türe ließ sich öffnen als wäre nichts passiert gewesen. Markus ging vor und Joelle nahm seine Hand. *So da sind wir, setz dich doch erst mal ins Wohnzimmer.* Joelle wunderte sich, es waren alle Spuren der Nacht beseitigt selbst die Gläser vom Tisch waren weg, die Unordnung die dabei entstanden ist, alles war weg und stand ordentlich an seinem fast richtigen Platz. Markus riss eine paar Blätter von der Papierrolle, die in der Küche stand ab und legte sie vor Joelle auf den Tisch.

Du hast alles aufgeräumt? sagte sie leise, mehr zu sich selbst als zu Markus, der mit zwei Tassen Kaffee in das Wohnzimmer zurückkam. Er brauchte nicht nachfragen, er wusste auch so was sie gesagt hatte.

Ok Joelle, hör zu, ich bin keine Psychologe und aber ich denke den solltest du jetzt haben.

Sie nickte wortlos, *ja ich hatte im Krankhaus auch eine Schwester die mit mir darüber sprach.*

Ich kann dir nicht so helfen, wie du es brauchst und noch dazu ich bin ein Mann...

Ja, das bist du, bestätigte sie,

...und glaub mir, ich war nicht immer ein Guter, aber dennoch würde mir sowas im Leben nie einfallen.

Joelle unterbrach ihn, *aber glaub mir, Gott hat dir alle deine Sünden vergeben.*

Das weiß ich nicht, denn ich habe den Kontakt zu ihm beendet, antwortete er scharf zurück. *Du, musst jetzt sehen wie du das wieder in den Griff bekommst.* Joelle nicke verständnisvoll, *es darf und sollte dein junges Leben nicht für immer bestimmen.*

Markus sprach weiter, *ich bin kein Profi, aber vielleicht schläfst du erst einmal auf der Couch, ich finde die sieht sehr bequem aus. Brauchst du sonst noch etwas? Wenn ich zum Supermacht fahren sollte!*

Ich möchte dir nicht zur Last fallen, du hast so viel für mich getan, erwiderte sie.

Schwamm drüber, schreibe mir einfach einen Zettel und ich bringe es dir dann mit, damit beendete er den Satz.

Möchtest du etwas essen? Es ist ja auch schon mittags, lächelte sie Markus an.

Ja gerne, erwiderte er mit einem unsicheren Blick zurück.

Isst du etwas nicht?

Nein, ich esse alles, also lass deinen Kochkünsten freie Hand.

Das ist schön, ich auch, und kaum hatte sie den Satz ausgesprochen bewegte sie sich noch etwas unsicher mit Schmerzen, aber mit einem festen Willen in ihre Küche.

Markus nutzte die Zeit, um ein paar Nachrichten von Freunden zu beantworten die ihm in der Zeit alles Mögliche geschickt hatten und die er durch diese besondere Situation noch nicht beantworten konnte. Er wollte das auch nicht mit jedem teilen.

Hier bitte Joelle hielt ihm einen Zettel und eine 50 € Note hin. Markus lass den Zettel um zu prüfen ob er auch alles davon lesen konnte. *Du hast eine sehr schöne Handschrift.*

Findest du? Joelle fühlte sich zurück in ihre Kindheit zurück versetzt.

Du hast meine Nummer, ich nehme einen deiner Schlüssel mit, es dauert sicher nicht lange im Supermarkt.

Das Essen war toll Markus, hätte nicht gedacht, dass sie so gut kochen konnte und er sagte ihr das auch. Dabei glänzten ihre Augen vor Freude. Es war so einfach einem anderen Menschen etwas Gutes zu tun, warum taten die meisten Menschen sich Schlechtes an? Er grübelte in sich hinein.

Joelle schlief diese Nacht unruhig die Medikamente wirkten, aber ihre Seele war stärker und wühlte sie immer wieder auf. Einmal schoss Joelle hoch und rief um Hilfe. Aber als sie die Stimme von Markus, der auf dem Sessel halbwegs schlief, wahrnahm kam sie wieder zur Ruhe und schlief weiter.

Er kannte das nur zu gut, nur war bei ihm keiner der ihn wieder beruhigte. Er konnte sich an die Nächte mit Whisky, Wodka, Tabletten und Kokain gut erinnern. Er hatte sich fast ins Koma gesoffen.

Die Geister, die immer und immer wieder kamen manchmal sogar heute noch. Er wusste auch, dass diese Sachen auf Dauer nicht richtig waren und weil er wusste sie das auch nicht gewollt hätte, machte es ihn am Ende stärker. Die innere Stimme sprach dann so, als wären es ihre Worte, ihre Stimme und er wusste, dass sie immer nur sein Bestes wollte und das wollte er auch nicht mit Füssen treten. Aber, er wollte wieder in sein altes Leben, ohne diese junge Frau, sie musste ihren Weg ohne ihn finden, er hatte ihr nicht mehr zu geben, als ihr jetzt ein wenig zu helfen.

Die Kerze im Wohnzimmer war fast ganz herunter gebrannt, als die ersten Sonnenstrahlen durchkamen und das Licht der Kerze ablösten.

Guten Morgen, drang eine weiche Stimme in seine Ohren. Markus schnellte hoch und blickte in die Richtung aus der die Stimme kam. Für einen Moment dachte, fühlte er, aber es war nicht das was er geträumt hatte. Sein Blick wurde schärfer und nun erkannte er Joelle die ihm eine Tasse Kaffee hinhielt. *Guten Morgen,* kam ein zweites Mal von ihr, wieder mit ihrer weichen und sinnlichen Stimme.

Guten Morgen und danke, Markus nahm die Tasse mit einem dankbaren Gesichtsausdruck an.

Lass mich dich ansehen, Joelle hockte sich vor Markus *jetzt hast du wirklich alle Regenbogenfarben, aber es wird besser.* Markus strich vorsichtig über ihre Wange. Joelle durchzog ein Gefühl von unendlicher Geborgenheit, obwohl es nur einfach ein Streicheln war. Er sah eigentlich nicht wie ein weicher Typ aus, aber er hatte dieses Besondere, ja dachte sie sich, ein Mann mit Gefühlen und er konnte sie auch zeigen.

Wie hast du geschlafen?

Wenig, erwiderte er kurz und stand um sich zu strecken.

Möchtest du frühstücken?

Äh, nein, ich... stotterte *Markus ...ich muss mich erst mal fertig machen und muss mal wieder zum Sport.*

Ja natürlich, du hast dein Leben und ich danke dir, dass du heute Nacht für mich da warst. Markus leerte die Tasse und stellte sie auf den Tisch zu der herunter gebrannten Kerze.

Wenn etwas ist, schreib oder rufe mich an, OK? Joelle lächelte mit einem Danke darin versteckt.

Kapitel 7

Die Gewichte gingen an diesem Morgen schwerer als sonst. Das Training war mehr ein Beobachten und ein Sortieren seiner Gedanken, an diesem etwas anderen Morgen.

Früher waren es die Bodybuilder, heute ist es eine ganze Generation von Selbstdarstellern für Instagram und Co., vermutlicher weniger für die eigene Gesundheit, das jedenfalls war sein Eindruck. Andere Zeiten, andere Vorbilder, dachte er so in sich hinein und drückte die Gewichte wieder aus der Halterung.

Dann fiel ihm ein Satz ein, der leider zu sehr stimmte.

Umso mehr du deine Zukunft planst, umso mehr trifft dich das Schicksal.

Die Tage und Nächte verstrichen als wäre nichts gewesen, der Sand lief durch die Sanduhr des Lebens.

Markus stand an der Ampel als sein Telefon sich bemerkbar machte.

Mein lieber Markus, ich wollte mich gerne bei dir mit einem Abendessen und einem guten Wein bedanken und hoffe, dass du am Samstag ab 19:00 Uhr Zeit hast.

Die Nachricht stimmte ihn nachdenklich, als es von hinten hupte. Verdammt ja natürlich, ich sollte losfahren, sprach er zu sich selbst und fuhr los. Sie braucht sich nicht zu bedanken aber ich denke, sie braucht das auch für sich selbst. Also sollte ich es auch annehmen, stellte er an der nächsten roten Ampel fest.

Bei der nächsten Möglichkeit steuerte Markus seinen Porsche an den Randstreifen und tippte *Liebe Joelle ich komme gerne und mache dir bitte nicht zu viele Umstände Markus.*

Er hatte noch nicht mal das Telefon zur Seite gelegt als die Antwort folgte - Dass sie sich sehr darüber freue und ihm ein schönen Tag wünschte.

Markus stand vor seinem Schrank und blicke auf seine Kleidung es war halb Sieben Uhr abends. Das Wasser lief ihm noch aus den Haaren. Auf seinem Bett lagen eine Flasche Rotwein und Blumen. Nach fünf Minuten war er angezogen und stand wortlos fragend vor seinem Bett.

Blumen oder Wein oder beides? Er wollte keinen falschen Akzent setzen aber Blumen sind nun auch was die Gesundheit angeht doch ok. Seine Gedanken spielten Memory in seinem Kopf.

Mit einem Blick zur Decke und den Kopf schüttelnd packte er Flasche und Blumen verließ seine Wohnung, drehte sich im Treppenhaus um und ging wieder zurück. Ich bin viel zu früh und ihr bleibt hier. Markus drückte den Strauß in den Mülleimer. Das letzte Mal, dass er einer Frau Blumen schenkte war seiner Eigenen oder seiner Mutter, mal abgesehen von Krankenhausbesuchen, die etwas ganz Anderes sind.

Er konnte es einfach nicht, es waren zu viele Erinnerungen damit verknüpft. Selbst der Rotwein war für seine Seele eine Qual.

Die Gedanken packten ihn so sehr, sein Blick war dabei auf das Bild von ihr gerichtet. Es war so, als ob er im Begriff war etwas Falsches zu tun.

Er klingelte zwei Mal kurz hintereinander, als ein „Moment" von innen zu hören war. Das Türblatt öffnete sich und Joelle stand mit einem offenen Lächeln da. Sie trug einen Rock bis zu den Knien, eine schöne weiße Bluse und wieder High Heels. Sie sah fantastisch aus. Jeder Mann, der sie an seiner Seite hätte, könnte nur stolz und glücklich sein, wenn er solch eine hübsche und tolle Frau die Seine nennen könnte.

Die Farben der bösen Nacht hatte sie gekonnt überschminkt. *Danke, dass du gekommen bist.* Sagte sie sanft und glücklich. *Das bedeutet mir viel, komm bitte rein.*

Bitte und danke für Einladung, Markus stellte die Flasche Rotwein auf den Tisch.

Oh, den kenne ich, danke, der ist lecker, grinste sie Markus an und umarmte die Flasche.

Setzte dich doch bitte. Markus staunte, der Esstisch war gedeckt, es brannten große lange weiße Kerzen in einem silbernen Leuchter und die Wohnung roch großartig nach Selbstgekochten. Markus wusste nicht was er sagen sollte.

Joelle verschwand in der Küche und kam mit zwei Gläsern Sekt wieder.

Lieber Markus, ich möchte gerne auf dich anstoßen, auf einen Menschen der für Andere da ist, ohne zu überlegen. Der bereit ist einen anderen Menschen aus einer völlig hilflosen Situation zu befreien um seine Gesundheit und vielleicht sein Leben zu retten.

Markus brach in ihren Satz, *danke, danke lass, das waren genug der schönen Worte. Ich bin froh, dass es dir wieder besser geht.*

Du bist ein toller Mann, Prost! gab Joelle am Ende noch dazu.

Beide tranken einen guten Schluck Sekt und stellten die Gläser weg. Dann umarmte Joelle Markus und drückte ganz fest zu. *Ich meine es ernst, ich danke dir wirklich aus tiefstem Herzen.* Markus wusste für einen Moment nicht wo er hin sollte.

Alles gut, ich habe es gerne gemacht. Hat er sich noch mal gemeldet?

Joelle blickte Markus mit großen Augen an. *Sollte er?*

Nein, das nicht, erwiderte Markus mit ernstem Gesicht *ich glaube er ist tot.*

NEIN hast du?

Nein, antwortete Markus *ist eine Geschichte die er sich selbst zuzuschreiben hat. Er ist auf der Autobahn verunglückt.*

Bist du sicher?

Ja sehr sicher! Und nun versuche das einfach zu vergessen Er hat das bekommen was er.... Markus beendete seinen Satz nicht.

Joelle war eine tolle Gastgeberin und auch das zweite Essen war einfach toll. Sie erzählte wo sie geboren ist und ein paar Geschichten aus ihrem Leben und wie sie hier gelandet war.

Die erste Flasche Wein war leer, die Flasche Sekt fast leer. Mittlerweile saßen beide auf der Couch und es war still, nur die CD lief leise im Player. Die Sonne senkte sich langsam und tauchte die Wohnung und ihre blonden Haare in ein ganz warmes Licht. Plötzlich wurde Joelle ernst, sowohl in ihrer Mimik wie auch in ihrer Stimme. *Darf ich dich etwas fragen?*

Markus stellte sein Glas Wein auf den Tisch. *Ja bitte frag mich, Frau Nachbarin.*

Bist du glücklich?

Seine Blicke kreisten durch den Raum, es war ein Peitschenschlag der Markus ohne Vorwarnung traf. Joelle konnte fast die Gedanken vor seinem inneren Auge sehen. *Wieso fragst du mich das?*

Ich sehe deine Augen und seit dem erstem Moment vor der Tiefgarage stelle ich mir diese Frage, wieso hat der hübsche Kerl so traurige Augen. Es ist nicht mit deiner Ernsthaftigkeit zu verwechseln. Du hast den ganzen Abend nicht gelacht. Du lächelst nur.

Das *Nein* von ihm war leise und sie konnte es fast mitfühlen. *Hat es mir ihr zu tun?*

Mit ihr? fragte Markus leise.

Ja es gibt zwei Sorten Männer die Einen die leiden die ganze Zeit leise und die andere Sorte erzählt davon, von dem was sie in sich tragen.

Meinst du, es geht mir dann besser, wenn ich dir das erzähle? fragte Markus diese These anzweifelnd.

Ich glaube du hast einen so tiefen Schmerz in dir, dass du ihn körperlich spüren kannst!

Joelle, woher willst du das alles wissen? Markus stäubte sich, sie an sich heran zu lassen.

Hat sie dich vielleicht verlassen? überzog Joelle ihn mit der nächsten Frage und konnte im Kerzenlicht sehen wie seine Augen feuchter wurden.

Sie war gerührt, dass der Mann, der sie aus der schlimmsten Situation ihres Lebens einfach so rettete und nun keine Worte fand. Sie bekam Gänsehaut und einen unglaublichen Respekt, nicht nur vor seiner Tat, sondern vor seinen Gefühlen.

Nein, sie hat mich nicht verlassen, sie .... Markus blickte in die Kerze, kein Gesichtsmuskel bewegte sich. *Doch, sie hat mich verlassen, aber sie wird mir nie mehr antworten.* Joelle sah in seine Augen und hatte einen solchen Schmerz in seiner Seele gesehen. Wie beim Teufel wohl das Feuer zu sehen war.

Sie ist tot, ein Autounfall mit Fahrerflucht. Sie hätte gerettet werden können, wenn der dazu gestanden hätte diesen Unfall verursacht zu haben. Wenn er erste Hilfe geleistet hätte statt feige weiter zufahren. Sie war ganz alleine in der Nacht, bei Regen im Auto, in einem Graben eingeklemmt. Sie ist verblutet. Als man sie fand lebte sie noch fünf Minuten, aber sie konnten sie nicht mehr retten der Blutverlust war zu hoch. Sie war meine Frau, sie war so alleine und ich konnte ihr nicht helfen. Ich habe ihr immer gesagt, dass ich auf sie aufpasse und ich war nicht da als sie mich am dringendsten gebraucht hätte. Sie hatte auf ein Stück Papier geschrieben, dass sie mit mir die glücklichste Zeit ihres Lebens hatte und sie mich immer Lieben würde.

Die Tränen liefen unaufhörlich über sein Gesicht und tropften an seinem Kinn herunter. Dann berichtete er mit leiser Stimme weiter. *Der Notarzt sagte sie hätte keine Schmerzen erleiden müssen da sie langsam verblutet sei und dann eine Bewusstlosigkeit eintritt. ihr Telefon lag auf dem Rücksitz, der für sie in der Situation unerreichbar war. Den Zettel hielt sie fest in ihrer Hand. Sie hatte gespürt, dass sie sterben würde.*

Joelle wusste nicht was sie sagen sollte, ihr Mund war völlig ausgetrocknet und auch sie weinte.

Sie hatte solche Liebe noch niemals so intensiv bei einem Menschen gespürt. Der mit jedem Wort, das ihm über seine Lippen kam, den Schmerz des Anderen gefühlt hat. Sie war schon, trotz des Mitfühlens, ein wenig neidisch, solche Liebe noch nie gespürt oder empfangen zu haben. Wie wertvoll diese Liebe zwischen den Beiden gewesen ist.

Sie erinnerte sich, wie oft wie sie diese drei Worte in der Vergangenheit gehört hatte, einfach mal zwischen Tür und Angel, ohne dass sie eine Bedeutung hatten. Sie war zu beneiden, dass sie bevor sie starb ihr Gegenstück auf dieser Welt gefunden hatte. Aber nun quälte diese kompromisslose Liebe den Mann der vor ihr saß weil er damit nicht abschließen konnte.

Er war wie ein Kapitän ohne sein Schiff, ohne Meer. Er war außen ein Mann, maskuline Gesichtszüge, dunkle Stimme, breite, starke Hände. Aber innen gleichzeitig verletzlich wie ein Schmetterling. Daher ließ er auch keine Gefühle an sich heran. Joelle legte ihre Hand auf seine, die kalt wie ein Fisch war. Es war als ob der Frost in seinen Gliedern war. Ich würde ihm gerne diesen Schmerz nehmen können, so wie er mir meinen in dieser Nacht genommen hat. Sie für ihn erträglicher machen, kann man das überhaupt, seine Schmerzen waren nicht körperlich. Ich würde so gerne nur ein Teil dieser Liebe von ihm bekommen können. Was für ein Geschenk in der heutigen Zeit, dachte sie weiter und blicke Markus dabei schweigend an. Habe ich mich in ihn verliebt? Darf ich das überhaupt? Ich bin 24 Jahre alt, er ist 46. Wie sollte ich es ihm erklären oder fühlen lassen?

Sollte ich ihn fragen? Ob er eine Antwort kennen würde. Ich höre ihm so, so gerne zu. Wenn er mir etwas erklärt und welche Leidenschaft darin steckt. Ich möchte seine Hände spüren. Wie er mich gerettet hat, dieses Gefühl in derselben Art von ihm begehrt und geliebt zu werden, ihn spüren. Seine Blicke in meinen Augen fühlen.

Markus Blicke gingen wieder nach oben und richteten sich auf Joelle.

Darf ich dich etwas fragen? Hat man den oder die Unfallbeteiligten gefunden? Markus biss sich auf seine Unterlippe und schüttelte wortlos seinen Kopf.

Aber ich weiß, dass der oder die ihre Strafe dafür bekommen werden, daran glaube ich ganz fest. Den Rest des Gedanken sprach er nicht aus. So wie der auf der Autobahn es zurückbekam.

Es ist selten, dass eine solch junge Frau, wie du auf diese Musik steht, versuchte Markus aus der emotionalen Sackgasse zurück zu rudern.

Magst du die Musik?

Ja, sehr erwiderte Markus.

Möchtest du meine CDs sehen, sprang Joelle plötzlich auf. Und öffnete einen kleinen Schrank der randvoll mit CDs war.

Ich liebe es wenn eine Frau auf gute Musik steht. Er stellte sich neugierig vor den Schrank und zog wahllos einige aus der Reihe. *Diese ist toll* und hielt sie Joelle hin.

Barry White, ja die ist in der Tat ein Geschenk an die Ohren und die Seele. Möchtest du sie hören? lächelte Joelle ihn an.

Ja, ich habe sie sehr lange nicht mehr gehört, Markus nahm sein Glas und ging Richtung Fenster und blickte schweigend hinaus.

Was denkst du? fragte Joelle leise.

Ich weiß es nicht, es ist ein Mix aus so vielem, vielleicht denke ich zu viel, erwiderte Markus. Er dreht sich zur ihr um

Was denkst du denn zurzeit? Joelle blickte peinlich berührt auf den Boden ihres Wohnzimmers.

Ich glaube, ich habe Angst.

Wovor? Was macht dir Angst?

Ich weiß nicht wie ich es umschreiben soll, antwortete sie unsicher

Du musst doch jetzt keine Angst mehr haben, alles ist doch schön!

Das antwortet mir der Mann der im Herzen selbst gebrochen ist? erwiderte Joelle. Markus legte seine Stirn in Falten und wunderte sich selbst über diese Worte die grade über seine Lippen gekommen sind. Es war schon fast zynisch aus seinem Mund, dachte er sich.

Ich habe Angst es nicht richtig zu machen, antwortete Joelle.

Man kann niemals alles richtig machen. Es ist der Moment, der dich zur Entscheidung kommen lässt. Man kann niemals alles berücksichtigen. Im Kino sieht es oft so leicht aus, aber wir leben nicht im Kinofilm. So sehr man sich manchmal etwas wünscht, es

wird einfach nicht in Erfüllung gehen und plötzlich erfüllt es sich anders.

Ja und dann habe ich Angst es falsch zu machen, erwiderte Joelle

Worauf möchtest du hinaus? fragte Markus mit einem ernsten Blick.

Joelle hob die Flasche vom Tisch, *möchtest du noch?*

Ja, gerne und hielt das Glas bereit zum einfüllen.

Ich habe viele Fehler in meinem jungen Leben gemacht.

Danke, antwortete Markus als das Glas gefüllt war. *Und? Denkst Du andere Menschen machten die etwa nicht? Es ist wichtig diese Entscheidungen mit einem guten Gewissen zu treffen. Wenn es falsch war, habe so viel Charakter, stehe dazu und endschuldige dich. Wenn dein Gegenüber dir das dann verzeiht, wirst du daran immer wieder wachsen.*

Joelles Wangen glühten vom Wein. *Ja, du hast Recht. Meinst du ich kann das noch lernen?* fragte sie schon fast hilflos.

Ich habe so viel falsch gemacht, aber auch so viel richtig.

Das kannst du so einfach sagen? fragte Joelle neugierig nach.

Ja, zum Glück kann ich das noch, sprach Markus leise.

Wo war der schönste Platz an dem du jemals warst? fragte Joelle,

Markus nippte an seinem Glas, *es war nicht der Ort, der es so schön machte sondern der Augenblick, im dem ich ihn geteilt hatte. Das kann überall sei, denn nur dadurch wurde er schön und besonders. Das kann am Rheinufer sein, aber auch in den Bergen oder am Strand, egal wo, wenn du mit dem richtigen Menschen dort bist wird der Ort für dich der schönste der Welt. Verstehst du das?* schaute Markus Joelle fragend an.

Ja, nur zu gut.

Hattest du denn einen schönsten Platz bis jetzt?

Joelle nickte, *ja, den hatte ich bis jetzt erst einmal, es war kein besonderer Platz, aber es ist so wertvoll und schön, dass ich ihn nie mehr vergessen möchte.*

Und wann und wo war das? fragte Markus neugierig.

Es ist dieser, jetzt genau dieser hier, antwortete Joelle und dabei liefen ihr Tränen aus den Augen und sie ging einen Schritt auf Markus zu, der sie in seine Arme schloss ohne ein Wort zu sagen. Er fühlte ihr Herz unter ihrer Brust schlagen, es war wie Kanonendonner.

Bist du böse auf mich? flüsterte sie ihm ins Ohr.

Markus schüttelte fast unmerkbar sein Kopf, *nein, bin ich nicht* und streichelte über ihren Kopf.

Joelle vergrub sich in seine Brust als ob sie in ihn hinein kriechen wollte, um seinen Schutz, seine Wärme zu fühlen.

Es wird bald alles wieder besser, da bin ich mir ganz sicher, sprach er leise, ohne sich sicher zu sein, zu der jungen Frau die so tiefe Narben hatte, solche die er bei Weitem noch nicht ergründen konnte.

Sie weinte fast geräuschlos und schüttelte ihren Kopf. Markus fühlte ihre Wärme und auch, dass er das vermisste und auch brauchte, aber er hatte immer das Gefühl er würde sie betrügen und sie würde ihn von oben beobachten.

Joelle hatte einen Körpergeruch dem Markus schon vorher aufgefallen war. Sie roch so wunderbar, er konnte es gar nicht in Worte fassen so rein und unschuldig

Pass auf! Ich habe eine tolle Idee, Joelle blickte neugierig zu Markus hoch und tupfte sich ihre Augen wieder ab. Die Augen funkelten und in ihrem Gesicht stand ein Blick voller Neugier geschrieben.

Lass uns doch am Wochenende zum Picknick fahren! Das Wetter ist perfekt dafür. Da war es wieder das schöne offene Lächeln, was er an ihr so mochte.

Ja würdest du das wirklich mit mir tun?

Natürlich, zweifelst du an meinen Worten?

Nein, nur so etwas habe ich noch nie gemacht.

Markus lächelt zurück. *Es ist wie Fahrrad fahren, ich zeige es dir.* Der Druck der Umarmung löste sich. Er ging mit seinem Glas Richtung Tisch zurück, er hatte trotz der Nähe zur Joelle einen Ring aus Eis um sich herum.

Wir gehen zusammen einkaufen und den Rest erkläre ich dir dann. Aber ich werde jetzt gehen, das war wirklich ein schöner Abend, danke dafür. Joelle nickte langsam und einvernehmlich. Obwohl ihr Durst an ihm noch lange nicht gestillt war.

Sie hatte sich in ihn verliebt!

Danke für das leckere Essen und schlaf gut. Markus hielt Joelle seine rechte Hand hin doch sie umging sie und gab Markus einen Kuss auf die Wange.

Schaf du auch gut.

Als Markus seine Wohnungstür hinter sich ins Schloss drückte, ließ er sich mit seinem Rücken an der Tür herunter rutschen. Sein Kopf war so schwer geworden, der Wein, die Gedanken die nun im seinem Kopf kreisten und die Gefühle die ihm so offen von Joelle gezeigt wurden. Es waren Schmerzen die er jetzt nicht fühlen wollte. Aber das Leben nimmt leider keine Rücksicht auf sowas.

Er kam sich schäbig vor, eine andere Frau so nahe an sich heran herangelassen zu haben.

Dieser Platz war von jemand anders belegt. Aber nun schoss ihm die Realität knallhart ins Gedächtnis. Sie ist tot und wird dich nie mehr so berühren, nie mehr so küssen, dich morgens so anlächeln und für dich da sein. Deine Schwächen von dir nehmen und sie durch ihre eigenen Stärken kompensieren und du wirst dasselbe nie wieder bei ihr machen, so, dass aus zwei eins wird. *Gott hilf mir!* sprach Markus leise zu sich selbst, *Warum? Kannst du verdammter Hund mir nicht mal eine Frage beantworten? Liegt es daran, dass ich dir vor so langer Zeit schon den Rücken zugedreht habe? Oder war das deine Strafe für mich, dass du ihr wunderbares Leben genommen hast um mich zu bestrafen? Ja vermutlich, es wäre dir zuzutrauen! - Barmherzigkeit - dachte ich mal gelesen und davon gehört zu haben, bei dir in deinem Klassiker, der Bibel. Was soll ich verdammt tun? Wofür bestrafst du mich eigentlich? Du hast mich selbst so gemacht ich bin, deine Schöpfung, du Sadist.*

Markus wurde neben seiner Türe wieder wach. Sein Kopf schmerzte als ob er eine Kreissäge im Kopf hätte. Der Blick auf seine Armbanduhr zeigte unmissverständlich an das er tatsächlich den Rest der Nacht auf dem Boden geschlafen hatte. Das Aufstehen war wie einer Bahnschiene Yoga beizubringen, alle Gelenke schmerzten und waren steif vom Liegen auf dem harten Boden. Markus zog sich auf dem Weg ins Schlafzimmer aus und kroch unter die Bettdecke.

Kapitel 8

Die Tage liefen einfach sinnlos aneinander gereiht vorbei. Markus war beim Sport oder beobachtete im Zoo die Affen, er hatte sich dort hingesetzt, genoss die Wärme der Sonne und das Spielen der Tiere, die leider nicht in der Freiheit waren.

Oder waren wir das, die nicht in Freiheit waren? Er beobachte ein Affenpaar, wie menschlich sie sich berührten und sich ihre Zuneigung zeigten.

Mist, fast hätte ich Joelle vergessen, ich sollte ihr besser schreiben, dass wir morgen zum Einkaufen gehen, dachte sich Markus beim Sonnenbad.

Hallo Frau Nachbarin, wenn du morgen Zeit hast, würde ich dich mitnehmen zum Picknick Einkauf.

Er wollte seine Einladungen schon einhalten.

Nach ein paar Minuten folgte die Antwort in Form eins Anrufes. *Hallo was machst du Schönes?* war die süße Stimme seiner Nachbarin durch das Telefon zuhören.

Hallo Joelle, ich sitze im Zoo, genieße die Sonne und beobachte dabei die Affen.

Du machst was? fragte Joelle ungläubig nach. *Du sitzt wirklich im Zoo?*

Ja, das war nicht erfunden, ich sitze gerne hier und da kann ich gut nachdenken, antwortete Markus ernst.

Was überlegst du denn dort alles? fragte Joelle neugierig nach.

Markus überging die Frage, *möchtest du morgen mit mir die Sachen für das Picknick einkaufen?*

Ja, total gerne, wann möchtest du denn los, so um Zehn Uhr? Ist das ok für dich?

Zehn Uhr ist gut.

Ok dann bin ich um Zehn Uhr in der Garage, erwiderte Joelle voller Vorfreude.

Markus steckte das Telefon wieder in seine Tasche und verließ den Zoo. Zuhause angekommen stellte er fest, dass er sich etwas zulange mit der Sonne umgeben hatte, Zoo und Cabrio war etwas viel für seine Haut.

Nach einigen Minuten musste er feststellten, dass er gar keinen Korb für diesen Ausflug in seiner Wohnung hatte. Er hatte damals nicht alles mitgenommen um auch nicht immer an alles erinnert zu werden.

Egal, sie wird bestimmt einen haben, Frauen haben doch sowas.

Guten Morgen, kam eine schöne weiche Stimme von hinten. Markus antwortete durch seinen Rückspiegel, musste sich aber trotzdem umdrehen. Hinter seinem Cabrio stand in einem weißen Sommerkleid eine total glücklich wirkende Frau die gar nicht mehr aufhören wollte zu lächeln. Die Haare zu einem schönen Cabrio Zopf gebunden.

Äh, guten Morgen, Markus war auf diesen Anblick nicht gefasst und mehr als die zwei Worte kamen ihm nicht über die Lippen.

Der Motor startet und Joelle gab dem schwarzen Leder einen weißen Kontrast mit ihrem Kleid.

Der Himmel war wolkenlos und die Luft roch nach Sonne, Sommer und grenzenloser Freiheit.

Joelle blickte wie ein kleines Mädchen in den Himmel und lächelte. Markus hatte seit dem Verlust niemanden mehr gesehen der so glücklich sein kann, einfach nur so, ohne ein Geschenk oder Etwas in dieser Art zu bekommen.

Sie lächelte einfach die Menschen auf der Straße an. Und ließ den Wind durch ihre Hände gleiten.

Es war schön sie so zu sehen, dass sie wieder so unbeschwert lächelte konnte. *Danke, dass du sie wieder glücklich leben lässt,* dachte sich Markus während er seinen Porsche durch die Straßen führte.

Schau mal meine Gänsehaut, lachte Joelle und hielt Markus ihren linken Arm mit ihren blonden Härchen hin die abstanden wie winzige Sperre.

Markus schaute Joelle an und lachte los. *Du bist so schön albern.*

Findest du? antwortete Joelle.

Ja, du bist einfach du, ohne etwas zu spielen, das mag ich, erwiderte Markus, diesmal sogar mit charmanter Stimme. Im Supermarkt angekommen gingen beide nebeneinander durch den gut gekühlten Laden. *Also ich packe jetzt mal alles ein was ich denke und du was dir wichtig ist. Ok?*

Joelle drehte sich wie eine Eisprinzessin und lächelte ihn mit leicht schrägem Kopf an. Markus stellte Erdbeeren und Tomaten in den Wagen Joelle eine Paprika und weitere Leckereien.

Hast du einen großen Korb?

Joelle nickte, *der steht schon in der Küche auf dem Tisch. Ich wusste, dass du mich das fragen würdest.*

Woher denn das? schaute Markus Joelle fragend an.

Du bist ein typischer Mann. Du hast Motorenöl und ein Schraubenzieher zuhause aber keinen Korb. Hättest du einen gehabt, hätte ich mir Sorgen gemacht. Markus verdrehte seine Augen und legte seine Stirn in Falten.

Möchtest du gar nicht wissen wo wir dann hinfahren?

Nein, ich weiß, dass du einen sehr schönen Ort ausgesucht hast.

Ich hoffe, dass er dir gefallen wird, erwiderte Markus.

Als die beiden in der Wohnung von Joelle eintrafen staunte Markus nicht schlecht. Es stand alles zum Schneiden bereit. Servietten, Teller, Messer, Gläser, alles bereits fertig auf dem Tisch.

Mache es dir bequem, ich mache das. Ok? Nur tragen solltest du den Korb dann bitte.

Natürlich übernehme ich das dachte sich Markus. *Du riechst gut,* ließ Markus beim Verlassen der Küche fallen. Hatte ich das grade gesagt? Markus drehte sich zur Joelle um, um zu prüfen das dieser Satz wirklich über seine Lippen kam. Er war es, Joelle blicke Markus mit einem Blick an den er bis dato nicht gesehen hatte. ihre Augen sagten mit einem solchen Ausdruck „Danke" wie er ihn so noch nicht kannte. Dann folgten die Worte aus ihrem Mund dazu.

Schön, dass es dir aufgefallen ist.

Beim Verlassen der Wohnung hielt Markus Joelle eine Sonnenbrille hin. *Danke wo hast du die gefunden?*

In der Schale im Flur. Frau Nachbarin.

Ich hatte sie heute Morgen schon die ganze Zeit gesucht. Wohin entführst du mich?

Es ist noch ein Stück, gedulde dich, rief Markus auf der Autobahn zur Beifahrerseite zurück.

Markus blicke immer wieder während der Fahrt zur ihr hinüber, es war schön sie zu beobachten. Sie war unbeschwert, obwohl sie… Vergiss den Gedanken und genieße ihr Glück, stoppten ihn seine Gedanken.

Nach einer gut vierzig minütigen Fahrt bog Markus in eine Straße die bergab ging und sich ein Jachthafen am Rhein vor ihren Augen ausbreitete. *Oh, ist das schön!* strahlte Joelle Markus an.

Wie lange warst du nicht mehr hier?

Markus erwiderte, *es ist lange, sehr lange her.* Nach ein paar Minuten zu Fuß stellte Markus den Korb vor sich ab. Joelle blickte in alle Himmelsrichtungen *oh, schau dort das Schiff, wie groß es ist und dort am anderen Ufer die tollen großen Bäume und wie grün das alles hier ist.* Sie war einfach himmlisch euphorisch.

Beide fingen an gemeinsam die Decke auszubreiten und den Korbinhalt für sich so zu gestalten, dass es gemütlich war. Markus befüllte die beiden Gläser mit einem Weißwein.

Darf ich dir etwas sagen?

Aber natürlich, was du auch immer sagen möchtest Joelle.

Du machst mich sehr glücklich, du bist der erste Mann, der mich nicht mit seinen Autos oder Geld beeindrucken möchte. Oder es den Anschein macht mich ins Bett zu bekommen, selbst wenn es nur eine einmalige Spaßnummer für dich wäre. Nichts davon, warum? Du bist einfach nur da.

Markus blicke auf den Rhein. Beobachtete die Flugbahnen der Möwen *Joelle, du bist die erste Frau die ich nach sehr langer Zeit so nah an mich heran gelassen habe. Es war ein nicht alltägliches Zusammentreffen und ich glaube ich spreche da für uns beide. Du bist eine sehr hübsche junge Frau und ich naja ein Mann, der schon ein paar Tage mehr auf dieser Welt verbracht hat, einer der seine Frau verloren hat, die ihm jeden Tag fehlt und sich um keinen anderen Menschen mehr kümmern musste oder sollte außer um sich selbst. Ich habe das Gefühl, dass sie mich jetzt in diesem Moment beobachtet und mir zuhört. Sie ist für mich allgegenwärtig obwohl ich weiß dass sie wirklich tot ist.*

Du liebst sie immer noch, das sieht man, da habe ich doch Recht, oder? fragte Joelle leise nach

Ja das mache ich, jeden Tag und jede Nacht.

Meinst du, du kannst noch mal jemanden so lieben? Markus steckte sich eine Erdbeere in seinen Mund und ließ den süßen Geschmack der Frucht auf sich wirken.

Ich weiß es nicht Joelle, ich würde es mir wünschen, aber habe auch Angst davor.

Joelle nahm seine Hand, hielt sie fest und sprach leise zu ihm, *es wäre Verschwendung wenn du es nicht könntest. Du hast mich gerettet, vielleicht muss ich das bei dir auch, nur anders?*

Joelle, du solltest dir ein jüngeren Mann suchen, statt einem mit gebrochenem Herzen und der dazu noch so viel älter ist. Die beiden Hände wurden schweißnass, aber sie ließ seine Hand trotzdem nicht los.

Hast du ein Bild von ihr mit?

Ja, erwiderte Markus kurz.

Darf ich sie sehen?

Wenn du das möchtest?

Ja sehr gerne, antwortete sie leise.

Markus zog sein Telefon heraus und öffnete die Galerie, dort befanden sich nur zwei Bilder, Eines von ihr und Eines von ihnen Beiden zusammen. Wortlos hielt er das Display Joelle hin.

Darf ich?

Ja, nimm ruhig, nickte Markus. Joelle blicke auf das Bild und sah eine blonde Frau mit einer tollen Ausstrahlung die verliebt in die Kamera mit ihren beiden Händen ein Herz formte und es vor sich hielt.

Ich kann dich verstehen, sie ist nicht Mainstream, sie ist besonders und dass was sie dir da zeigt ist keine leere Geste, das war aus ihrem Innern. Wann ist das Bild entstanden?

Markus Puls raste wie ein ICE, seine Blicke gingen in den wolkenfreien Himmel, nach zwei Minuten des Schweigens antwortete er, *vier Tage vor ihrem Tod.*

Wann ist es denn passiert?

Markus ließ diese Frage unbeantwortet. *Ich werde versuchen, dass nicht mehr so nahe an mich heranzulassen,* bemerkte Markus nur noch dazu.

Meinst du sie ist böse auf dich?

Nein, sie hat die Wahrheit und meine Liebe gesehen. Es war kein Betrug, antwortet Markus angestrengt.

Ich glaube, dass du, als sie in dein Leben getreten ist vieles geändert hast und ändern wolltest.

Markus nickte, *aber trotzdem wäre ich mir treu geblieben.*

Und warum bist du alleine? Ich wollte dir diese Frage eigentlich nicht stellen.

Warum hast du es denn getan? fragte Joelle neugierig nach. *Kannst du dir diese Frage nicht selbst beantworten?*

Markus schüttelte wortlos den Kopf, *nein, sonst würde ich nicht fragen.*

Sagen wir ich habe die Falschen kennengelernt oder sie für die richtigen gehalten.

Kenne ich, nickte Markus zustimmend.

Was für ein schöner Tag, einfach ein perfekter Tag, sagte Joelle als sie über den Rhein blickte. Sie machte den Eindruck völlig zufrieden zu sein.

Bist du noch krankgeschrieben oder hast du Urlaub?

Der Arzt meinte noch zwei Wochen und du, hast du Urlaub?

Einfach ausgedrückt, ich brauche nicht mehr arbeiten, erwiderte Markus kurz und knapp.

Beide blickten schweigend über die Landschaft und genossen das Essen. Wobei Joelle Markus immer wieder mit ihren Blicken streifte und hoffte dass er es nicht merkte.

Ist dir so etwas schon mal passiert, wie mit mir? unterbrach Joelle die Ruhe.

Das Ganze? fragte Markus nach um seine Antwort präziser zu machen. *Nein, so etwas nicht und einen Teil davon würde ich auch gerne nicht erlebt haben.*

Ja, da sind wir zu zweit, aber es hat bis jetzt ein gutes Ende genommen, lachte Joelle

Ach ist das schon das Ende? Fährst du während deiner Auszeit noch weg? fragte Markus neugierig nach.

Ich denke eher nicht, die neue Wohnung und die Kosten, da fällt Urlaub erst mal aus.

Markus griff sich nervös durch seine Haare, eine Geste die Joelle das erste Mal bei ihm beobachtete.

Ich habe einen deutschen Freund in Norwegen der Korrespondent ist und er hat mich gefragt ob ich sein Haus in der Zeit wenn er seinen Sommerurlaub macht, nutzen möchte. Er ist noch eine Woche weg.

Norwegen? Dort war ich noch nie - und du möchtest mich mitnehmen? fragte Joelle ungläubig nach.

Ja, wieso nicht? antwortete Markus als wäre es das normalste der Welt.

Joelle sprang auf und schrie, *Ja, ja gerne, das wäre so schön.* Sie sprang auf Markus, der immer noch auf der Decke saß mit so viel Freude zu, dass er umkippte

Wann möchtest du losfahren? fragte Joelle, sie war fast nicht zu verstehen.

Lass uns morgen früh losfahren zwei oder drei Tage. Joelle liefen vor Freude Tränen über ihre Wangen. *Wenn wir zurück sind packst du einfach etwas zusammen für Natur und Stadt. Und ich hoffe dein Personalausweis ist noch gültig?*

Joelle war ganz aus dem Häuschen und aß Erdbeeren zusammen mit Champions.

Markus freute sich, sie so glücklich zu machen, es gefiel ihm Joelle lächeln zu sehen.

Wann fahren wir morgen?

Warte ich rufe mal meinen Freund an damit er weiß, dass ich sein Angebot annehme.

Nach ein paar Minuten kam Markus wieder zur Joelle zurück. *Ja alles ok, ich weiß wo der Schlüssel liegt.*

Joelle strahlte Markus an wie ein kleines Kind, das den Weihnachtsmann gesehen hatte.

Auf der Heimfahrt schaute Joelle die ganze Zeit in den Himmel und war total verträumt, hin und wieder sang sie die Lieder mit, sie wirkte so glücklich wie ein Kind.

Du kannst morgen ruhig einen Koffer mitnehmen, wir fahren mit dem Jeep. Treffen wir uns um acht Uhr hier unten. Denke an deinen Ausweis. Joelle nickte und lächelte, zum Abschied drückte sie Markus einen Kuss auf die Wange und verschwand durch die Tür im Treppenhaus. Markus blickte in den Rückspiegel und fuhr wieder aus der Garage in den Supermarkt.

Er verschloss seinen Koffer und stellte ihn in seinen Flur, als sein Telefon eine Nachricht empfing, es war schon nach elf Uhr in der Nacht.

Die Nachricht war von Joelle, *ich freue mich wahnsinnig, schlaf gut.* Markus schlief unruhig, der Tag, der Plan für die kommenden Tage und die Erinnerungen wühlten in seinem Kopf herum.

Der Wecker schleuderte Markus wie auf einer Achterbahn ins Leben zurück. Klitschnass geschwitzt stolperte er in seine Küche und ließ den Kaffee in die Tasse laufen während er sich die Nacht von der Haut wusch.

Als Markus in die Garage kam saß Joelle schon auf ihrem Koffer vor dem Jeep. *Guten Morgen, hast du gut geschlafen?*

Mehr schlecht als Recht, guten Morgen antwortete Markus.

Einen Koffer, keine Handtasche? lächelte Markus

Mehr hast du auch nicht, antwortete Joelle mit Ironie in ihrer Stimme.

Stimmt Handtaschen trage ich nur wenn ich shoppe, antwortete Markus lachend und packte Joelles Koffer in den geräumigen Kofferraum des Jeeps.

In dem Beutel habe ich ein paar Brötchen, Wasser und was man so für die Fahrt braucht. Hast du denn schon etwas gefrühstückt?

Zwei Kaffee, erwiderte Markus mit rauer Stimme.

Gut, dann habe ich das Richtige für dich, hoffe ich? erwiderte Joelle

An der Tankstelle prüfte Markus das Öl und tankte seinen Wagen voll. Er demontierte noch die beiden vorderen Dachplatten, so, dass der Jeep vorne offen war. *Joelle sieh bitte mal im Handschuhfach nach, dort ist Sonnencreme.*

Joelle machte sich etwas auf die Hand und cremte Markus im Gesicht ein. *Das hättest du schon früher haben müssen, bist schon schön rot.*

Darauf erwiderte Markus nur, *mach es dir bequem, es geht los.*

Markus zog auf der Autobahn auf die linke Spur und der Wind kühlte das innere des Wagens, es war schon schön warm draußen. *Warst du schon mal dort?* fragte Joelle neugierig.

Es war klar, dass diese Frage von ihr kam dachte sich Markus. *Ja einmal im Winter, ich brauchte Abstand von hier.*

Die Stunden vergingen auf der Autobahn Kilometer für Kilometer. Joelle stellte sich sogar zwischendurch auf den Sitz und schaute oben durch das Dach heraus und schrie wie ein amerikanischer Teeny in diesen Filmen.

Sie war mit sich und der Welt im Einklang. Und das Gefühl transportierte sie auch unbewusst zu Markus. *Ich, bin noch nie so viele Kilometer mit einem Auto am Stück gefahren, ich hätte nicht gedacht das, dass so viel Spaß macht.*

Darauf erwiderte Markus nur, *naja es kommt auf das Auto an und ob du viel Stau hast.*

Das mag sein, antwortete sie und legte ihre Hand auf seine, die auf der Mittelkonsole ruhte.

Über ihnen der blaue Himmel von Dänemark. Die Autobahnen leerten sich immer mehr obwohl es bei weitem nicht so viele Autos waren wie in Deutschland. Joelle verfolgte die Sonne, die immer tiefer im Westen versank. *Schau wie schön*, sagte sie immer wieder. Es steckte eine totale Romantikerin in der jungen Frau, was Markus toll fand. Sie machte Bilder von allem möglichen, aber was besonders war, sie nutzte keine einzige Onlineplattform um diese zu teilen. Sie machte diese Bilder nur für sich. Es war fast eine Fotostecke, aber sie wollte wohl alles fest halten.

Die Brücken sind so lang man denkt sie hören nie mehr auf.

Die, über die wir grade fahren, war mal die längste der Welt, antwortete Markus

Plötzlich wurde Joelle ganz leise, sie war eingeschlafen und kuschelte sich tief in den Sitz hinein, wie ein schutzsuchendes Kind.

Das Telefon hielt sie fest in ihren Händen als ob das ihr persönlicher Schatz wäre. Markus beobachtete wie sie immer noch von Träumen geschüttelt wurde. Wenn er seine rechte Hand dann auf sie legte wurde sie sofort ruhig. Alles an Proviant war mittlerweile aufgegessen und der Tank neigte sich den letzten Strichen zu, durch die Nacht mit einem leeren Tank, das sollte man nicht tun, vor allem nicht im Ausland. Das Navigationsgerät zeige eine Tankstelle in vierzig Kilometern an. Markus nickte zuversichtlich, die Kleine schlief.

Die Nacht war so klar die Sterne fingen an ihre Stellen zu markieren, als ob sie sagen wollten *folge mir ich bringe dich nach Hause.* Ein Stern fiel Markus dabei immer auf, aber er versuchte es tief in sich zu vergraben. Er hatte mit ihr zusammen Sachen am Himmel beobachtet die man nur, wenn man Glück hatte, einmal in seinem Leben sehen durfte. Er hatte das Glück, es mit ihr teilen zu können. Markus konnte es selbst nicht sein lassen durch das offene Dach zu schauen, es zeigte wie klein die Menschen selbst alle auf diesem Planten waren. Diese Nächte erinnerten ihn an die schönsten Zeiten in seinem Leben, die rote Seite im Westen wo die Reste der Sonnenstrahlen durchkamen und die dunkel Seite im Osten mit den schönen Sternen die aufzogen und eine blau schwarze Nacht daraus machten.

Es machte den Anschein, dass es für Joelle grade ihre schönste Zeit im Leben war. Sie gab bis jetzt nicht viel von sich preis, aber er wollte sie auch nicht dazu drängen, er war genauso.

Als sich der Luftstrom am Dach änderte wurde Joelle wach. *Oh, bin ich eingeschlafen?*

Ja, das bist du, erwiderte Markus mit seiner ruhigen Stimme.

Kannst du noch fahren? Oder soll ich dich ablösen?

Du kannst mich mit in die Tankstelle begleiten, damit wir etwas essen und ein Kaffee könnte ich gut gebrauchen.

Ja gerne, Joelle schlüpfte in ihre Sportschuhe und ging schon mal Richtung Shop vor.

Nach dem der Tank voll war, folgte Markus Joelle die sich schon an einem Tisch gesetzt hatte und zwei Kaffee auf dem Tisch gebracht hatte. *Ich habe dir Eier mit Speck bestellt, ich hoffe das war gut?*

Markus nahm einen großen Schluck Kaffee und nickte, *das ist perfekt, danke und was isst du?* fragte Markus neugierig

Ich habe für mich dasselbe bestellt, lächelte sie. *Ist es denn noch weit bis zu dem Haus?* fragte sie ein wenig geschafft von der Fahrt.

Ein paar Stunden, wenn du möchtest kannst du weiterschlafen, erwiderte Markus mir ruhiger Stimme.

Nein, ich möchte mit dir ganz laut Musik hören während der Fahrt jetzt und bei dir sein wenn wir ankommen, flüsterte sie schon fast verlegen. *Aber vorher muss ich unbedingt auf die Toilette.*

Das muss ich auch bevor wir wiederlosfahren.

Die Autobahn war total leer, der einzige Wagen der Richtung Norden unterwegs zu sein schien waren die Beiden. Joelle tanzte auf dem Beifahrersitz und war total ausgelassen. Das einzige Licht auf der Erde schien von den beiden Scheinwerfern des Autos zukommen, der Rest war am Himmel verteilt.

Die Strecke zog den Jeep wie an einem Seil immer weiter und Joelle sang einen Song nach dem anderen mit. Sie liebte die Songs die eigentlich immer deutlich älter als sie selbst waren.

Oh, schau mal den Fjord, rief Joelle, *der Himmel spiegelt sich wie in einem Märchenbuch darin.*

Stimmt, noch dreißig Kilometer.

Dann sind wie da? Markus nickte zur ihr rüber, denn sprechen war gar nicht möglich, das offene Dach machte das Sprechen manchmal schwer. Je nachdem wie die Luftgeräusche waren.

Kapitel 9

Ein kleiner Weg, zu scheinbar zwei Häusern ging leicht den Berg hinauf Markus schaltete das Fernlicht ein, die zwei weiteren Scheinwerfer ließen alles im Licht erblicken.

Oh, ist das schön Joelle nahm ihre Hand und hielt sich ihren Mund zu um vor Freude nicht laut zu schreien. Markus stellte den Wagen so ab, dass man leicht ausladen konnte.

Sind wir hier ganz alleine? Ich meine, hier wohnt jetzt sonst niemand außer uns?

Nein natürlich, nur der große böse Wolf und wir.

Der Schlüssel lag dort wo George es am Telefon beschrieben hatte. Markus ging hinein und zeigte Joelle was alles zu benutzen war und was von George privat bleiben sollte. Vor dem großen Bett blieb sie stehen, *und wo schlafe ich?*

Neben mir, wenn du damit kein Problem hast? Oder möchtest du alleine schlafen?

Nein, nein es wäre schön, wenn ich in dem Bett schlafen könnte.

Das wäre auch besser es ist das Einzige, denn George hat eigentlich niemals Frauen zu Besuch, witzelte Markus.

Die Luft ist hier so ganz anders, sie ist so weich, stellte Joelle fest.

Ja, da hast du Recht, das ist mir beim ersten Mal auch als Erstes aufgefallen. Aber warte mal ab, wenn du morgen alles im Sonnenlicht siehst...

Joelle packte sich ihre kleine Tasche aus dem Koffer und ging ins Bad mit, das mit einer riesigen Wanne und einer Dusche so groß wie manche Badezimmer ausgestattet war. Nach zehn Minuten kam sie wieder heraus und fand Markus auf dem Bett eingeschlafen vor.

Vorsichtig kroch sie zu ihm und flüsterte, *Markus hörst du mich?* Als sie merkte, dass er keine Antwort mehr gab, zog Joelle sich wortlos aus, legte sich neben ihn ins Bett und deckte ihn vorsichtig zu.

Markus öffnete nach circa einer Stunde seine Augen und nahm den Geruch von Joelle direkt wahr.

Sie hatte sich an ihn gekuschelt und lag mit ihrem Kopf auf seiner Brust. Markus musste das erst einmal verstehen, was grade um ihn herum passierte.

Kleine, flüsterte er ihr zu.

Die nur ein leichtes, weiches, liebevolles, *Ja* wisperte

Ich muss mal aufstehen, ich komme direkt wieder. Joelle drehte sich weg so, dass Markus ins Bad gehen konnte. Der Vorteil war, er hatte hier im Schrank alles was er brauchte, denn er hatte es bei seinem letzten Besuch einfach dort gelassen.

Nach ein paar Minuten war er wieder im Bett, er spürte die Wärme und den weichen Körper von Joelle die so wie es sich anfühlte, nur ihr T-Shirt und ihren Slip anbehalten hatte. Markus rollte die Augen das Bett ist so groß und sie liegt quer darin.

Markus? fragte eine weiche Stimme durch das Zimmer.

Ja, ich bin wieder da, ist alles in Ordnung?

Das einzige Licht das den Raum erhellte waren das Mondlicht, die Sterne und das blonde Haar von Joelle das wie Seide auf dem Kissen glänzte. *Darf ich dir etwas sagen?*

Markus hielt für einen Moment die Luft an. *Ja, ja sicher und gefällt es dir hier?* stellte Markus eine Gegenfrage.

Ja sehr sogar danke, dass du mich mitgenommen hast.

Gern geschehen... Markus streichelte ihr über den Kopf *...aber jetzt schlafe weiter.*

Joelle schnellte hoch und suchte den Raum ab, für ein paar Sekunden fehlte ihr die Orientierung. Die Vögel waren von draußen zu hören, sie suchte mit ihrer Hand die andere Seite des Bettes ab.

Sie war alleine, was war passiert? In diesem Moment öffnete sich die Türe des Schlafzimmers und Markus betrat mit zwei Tassen Kaffee in den Händen den Raum. *Guten Morgen, hast du gut geschlafen?*

Joelle atmete tief durch und lächelte, das macht den sonnigen Morgen noch schöner, fand Markus.

Guten Morgen, ja das habe ich, sie nahm einen kräftigen Schluck aus der Tasse, *du bist gestern auf dem Bett eingeschlafen,* hing sie hintenan. Die Sonnenstrahlen durchfluteten die blonden Haare. Markus stand wortlos vor ihr und schaute sie einfach an. Joelle durchbrach die Stille und strich ging mit ihrer Hand über seine Backe, *soll ich dich rasieren du, Wikinger.*

Kannst du das denn? fragte Markus etwas erstaunt nach.

Ich habe das noch nie gemacht, aber ich würde das gerne bei dir ausprobieren.

Markus streckte seine Hand aus und Joelle ergriff sie, er ließ sich wortlos ins Bad führen.

Wortlos gab er ihr Schaum und Klinge in die Hand und setzte sich auf einen Stuhl im Bad.

Joelle zog ihm das T-Shirt über seinen Kopf und sprühte sich eine gute Portion Schaum in ihre Hand, sie verteilte ihn liebevoll auf seinem Gesicht. Dann setzte sie sich einfach auf seinen Schoß und fing an die Klinge über sein maskulines stoppliges Gesicht zu führen. Markus beobachtete sie dabei ganz genau, wie ihr

Brustkorb sich hob und senkte. Ihre Blicke suchten das Gesicht wie ein Radar ab um es ganz gründlich zu machen, an den fertigen Stellen fuhr sie prüfend sie mit ihrer Hand nach. Dabei beobachtete sie ihm immer wieder und schaute in seine Augen. Sie merkte selbst, dass sich ihre Atmung beschleunigte und auch Markus es wahrnahm. Sie spülte die Klinge immer wieder mit Wasser ab, das Rest Wasser an ihren Händen tropfte auf seine Brust. Sie hatte ein solches Verlangen diesen Mann zu Küssen und einfach glücklich zu sehen.

An einer Stelle an der Wange drückte Joelle zu feste und das helle Blut füllte den Schnitt. Markus spürte den Schnitt zwar aber er blieb wortlos. Joelle sagte kein Ton, ihr Körper sprach die internationale Sprache des Kontrollverlustes.

Sie beugte sich zu seinem Gesicht vor, er zog daraufhin einige Zentimeter zurück und wartete ab was passieren würde. Sie folgte, fuhr mit ihrer Zunge über den Schnitt und leckte mit der Zungenspitze das Blut von seiner Wange. Joelles Gefühle und Gedanken überschlugen sich. Es war kein Sex, es war ein Miteinander auf einer anderen Ebene.

Er griff mit seiner Hand nach der Hand mit der Klinge und hielt Joelle am Gelenk fest. Sie küssten sich erst sanft und dann immer heftiger. Joelles Brüste hoben sich durch die Atmung immer heftiger, sie zerfloss in dem Rausch. Markus hatte die totale Kontrolle und sie gab sich dem hin. Mit einem Mal stoppte er abrupt und blickte ihr tief in ihre Augen und zog ihr das T-Shirt über ihren Kopf.

Erst jetzt fühlte und sah wie er schön sie war. Ihr Körper war makellos ihre Blicke waren so geduldig und unschuldig. Und sie roch wie ein Engel, dachte sich Markus, obwohl er wohl noch nie Engel gerochen hatte, aber, genau so stellte er es sich vor. Beide teilten sich die Reste des Rasierschaums aus Markus' Gesicht.

Hey du Wikinger, ich habe mich in dich verliebt! Ist das schlimm? flüsterte sie leise.

Markus suchte in seinem Inneren nach Antworten und konnte seinen Blick einfach nicht mehr von ihren Augen nehmen.

Nein, es ist gar nicht schlimm ich, hoffe nur ich kann dem gerecht werden.

Joelle blickte ihn mit Zuversicht an und küsste ihn als ob es ihr erster und letzter Kuss war.

Sie spürte seine Hände, eine in ihrer Hüfte und eine in ihrem Genick. Sie legte ihren Hals schief und drückte die Wirbelsäule heraus, wie eine Katze den Buckel macht um mehr zu bekommen. Die Küsse waren so innig als hätten sie nur auf einander gewartet.

Markus war frisch rasiert und beide geduscht. Das Licht fiel sanft auf den Esstisch, der mit ein paar norwegischen Lebensmitteln aus Georges Kühlschrank gedeckt waren. Markus wusste, dass er alles aus dem Tiefkühler, sowie aus dem Kühlschrank nehmen durfte. Er würde ihm am Ende einfach das Geld auf dem Tisch legen. Joelle ließ sich von den Köstlichkeiten, die man in Deutschlang teilweise nicht kannte, überraschen.

Bist du fertig? Joelle nickte, stellte das Geschirr in die Spülmaschine und zog sich ihre Sportschuhe an.

Fertig, rief sie und nahm eine Pose ein, wie eine Eiskunstläuferin am Ende der Kür.

Markus nahm Joelle an der Hand, *komm ich zeige dir den Hof und die Gegend.* Die Tür öffnete sich mit der Aussicht auf einen Fjord und rundherum Wald.

Das ist wie im Märchen, flüsterte Joelle Markus ins Ohr.

Das kannst du ruhig laut sagen, lächelte er sie an *hier hört uns niemand.*

Beide gingen zum Fjord wo sich die Sonne auf dem Wasser spiegelte und Fische kleine Strudel hinterließen wenn sie kurz an die Oberfläche kamen.

Die Natur sah so schön und zufrieden aus, man konnte Vögel, Bienen und andere Insekten um die beiden herum schwirren hören und fliegen sehen. Joelle hatte ihre blonden Haare offen, sie ließ Sie an der Luft trocknen, was ihre wahre Mähne erst zum Vorschein brachte und sie lächelte die ganze Zeit. *Schau dort Enten, rief sie.* Es war so als ob man eine Frau aus ihrem Gefängnis geholt hatte. Sie berührte alles. Markus folgte ihr und beobachtete die junge Frau mit einem Lächeln. Man konnte deutlich sehen, dass sie nicht gelogen hatte, sie war in ihn verliebt.

Hör mal, hob sie den Zeigefinger, *schau mal kein Flugzeug am Himmel und kein einziges Motorengeräusch.* Dabei stand sie in mitten in einer satten grünen Wiese, mit ihrer Jeans mit Löchern und einem kurzen weißen T-Shirt. Markus hätte sie am liebsten angesprungen, so süß sah sie aus.

Darf ich dich etwas fragen? und nahm dabei seine Hand in ihre.

Habe ich dir doch schon mal gesagt, dass du das darfst, erwiderter Markus amüsiert.

Was denkst du grade?

Markus rieb sich seine rechte Hand durch sein Gesicht, zog sie an sich heran und blickte ihr tief in die Augen. *Das es schön ist zu sehen, dass du so glücklich bist und ich hoffe, dass du diesen Moment hier in deinem Herzen ablegst und ihn, wenn du mal schlechte Tage hast dann wieder hervor holst.*

Das werde ich, versprochen und küsste Markus. *Wie ist es im Winter hier?* fragte Joelle neugierig.

Oh, sehr kalt und alles ist weiß, es sieht aus wie eine Landschaft unter Zuckerguss oder wie eine Eisenbahnlandschaft. Dann brauchst du mehr als ein T-Shirt und eine Jeans. Ich brauchte das hier damals um mich zu sortieren. Leider hatte George sie nie kennengelernt, aber er hat mir sehr gut zur Seite gestanden. Genau wie auch meine Freundin in Holland, antworte Markus.

Möchtest du noch Kinder, Markus?

Nein, der Zug ist lange durch den Bahnhof gefahren. Aber du doch bestimmt!

Nein, ich kann auch keine bekommen.

Er streichelte ihr durch das Gesicht, *und bist du deswegen traurig?*

Joelle blickte auf die Erde, *nein, nein ich habe zu viel gesehen was Menschen anderen Menschen antun können,* antwortete Joelle etwas traurig.

Und das wäre zum Beispiel?

Joelle zog Markus an der Hand weiter als ob sie der Frage ausweichen wollte und es auch tat. Er verstand und bohrte nicht weiter nach. *Schau dir diesen Baum an,* Joelle blickte wie ein Kind von unten nach oben, *der hat so viel schon erlebt aber in totalem Frieden.*

Weißt du was, wenn wir zurück sind, werde ich eine kleine Einweihungsparty geben und du lernst ein paar Leute von mir kennen. Was sagst du dazu? fragte sie neugierig.

Das ist ein guter Plan, das machen wir so.

Nach einem ausgiebigen Spaziergang durch die Wildnis von Norwegen, gingen sie zum Haus zurück.

Ich möchte für dich heute etwas kochen, ist das ok? schaute Joelle Markus euphorisch an.

Wenn du das möchtest, würde es mich sehr freuen Wir müssten nur mal einkaufen gehen, erwiderte Markus.

Ich mache uns ein schönes Filet und dazu einen leckeren Salat.

Markus nickte, *das ist lecker dann lass uns jetzt fahren.*

Beide schlenderten durch den Supermarkt der Joelle total fremd war, sie nahm alles aus dem Regal und schaute sich alles an, was sie aus Deutschland nicht kannte. Währenddessen nahmen sie sich immer wieder an der Hand und küssten sich.

Ich möchte dich nur vorwarnen, so kaufe ich immer ein.

Mit dem Küssen meinst du?

Ja antwortete Joelle kindlich.

Das hat toll geschmeckt! Markus strich über seinen Bauch

Wirklich? lächelte Joelle zufrieden zurück. *Noch ein Glas Wein?*

Ja gerne, Markus hielt ihr das fast leere Glas hin.

Du küsst toll und gerne oder? schaute Joelle ihn fragend an.

Ja schon wenn es so gut passt dann ja. Aber ich habe Angst,

Wovor hast du Angst? Ein Mann wie du.

Wie du weißt habe ich....

Ja unterbrach sie ihn *und nun hast du Angst, dass du für mich nur eine Erfahrung bist, ein Spaß für ein paar Wochen, vielleicht Monate?*

Richtig! Du bist noch so viel jünger, du möchtest in Clubs, auf Partys gehen, deine Freunde sind jünger und am Ende kommen deine Eltern.

Das habe ich hinter mir, schon als ich dich das erste Mal in der Tiefgarage gesehen habe, da wollte ich dich schon kennenlernen und jetzt,... jetzt glänzen deine Augen wieder, antwortete sie mit ganz klaren Worten.

Ja und? Du weißt, dass ich das trotzdem noch mit mir herum trage. erwiderte Markus *und ich bin schon ein alter Mann.*

Na davon bist du weit entfernt, ich habe dein Body gesehen. erwiderte Joelle ernst.

Du weißt was ich meine! gab Markus scharf zurück und stand auf.

Darf ich dich nicht lieben? antwortete Joelle mit Tränen in den Augen.

Du darfst das natürlich, aber darf ich das? fragte Markus mit ruhiger Stimme.

Ja, traue dich, ich werde dich nicht enttäuschen, schaute Joelle Markus ernst an und wischte sich ihre Tränen weg. Er ging auf sie zu und legte seine linke Hand auf ihre Wange und streichelte sie.

Ich versuche es, versprochen! Dann fielen sie sich beide in die Arme.

Komm, lass uns den Himmel ansehen, er ist zum Sonnenuntergang hier ganz besonderes.

Markus zog Joelle nach draußen, *schau.* Er zeigte mit seiner freien Hand in den Himmel, *schau das Schwarz sieht aus als ob man Orange und Weiß mit reingemischt hätte.* Eng an Markus gekuschelt stand Joelle da und blickte in den Himmel.

Nach einigen Minuten zog Joelle ihn wieder ins Haus zurück, *heute Nacht und für immer will ich dich bei mir spüren.*

Joelle stand im Schlafzimmer und entledigte sich ihrer Kleidung. Markus beobachte sie dabei still. Nackt nur mit ihren schönen blonden Haaren bedeckt stand sie vor ihm und blickte ihn mit einem Blick aus Liebe, Verlangen, Hingabe und totalem Vertrauen an. *In der Nacht als du in mein Schlafzimmer gekommen bist und mich vor diesem Tier gerettet hast, war ich dir versprochen.*

Du hast sie damals nicht retten können, aber vielleicht sollte es so sein, dass du mich dafür retten solltest. Ich weiß es nicht, aber anders kann ich mir das nicht vorstellen. Sei mir nicht böse.

Markus nickte. *Vielleicht hast du damit Recht* und ging mit ihr auf das große massive Bett zu und küsste sie. Beide bekamen in dieser Nacht nicht genug von einander, es wiederholte sich immer und immer wieder.

Die Vögel und das Sonnenlicht weckten die Beiden. Joelle lag mit ihrem Kopf auf seinem Rücken, als sie zu sich kam fing sie an ihn sanft zu streicheln. *Guten Morgen wie hast du geschlafen?*

Markus nahm sie zärtlich in seine Arme, *gut, nur zu kurz.*

Bleib liegen ich mache etwas Musik und zaubere uns Kaffee. Aber erst gehe ich mal ins Bad erwiderte Joelle.

Hey schöne Frau, wo bist du? Schläfst du im Bad weiter? rief Markus durch das große Zimmer.

Als Joelle zurückkam blickte Markus sie prüfend an, *alles ok?*

Ja, ja alles ok.

Oh, lecker, flüsterte Joelle als sie den ersten Schluck Kaffee probierte.

Das liegt am Wasser hier das ist viel weicher, erwiderte Markus.

Du meinst so wie ich? und streichelte über sich selbst und lachte.

Ich habe einen Plan für heute.

Ach ja welchen? fragte Joelle gespannt

Wir fahren heute etwas durch die Gegend, ich war bisher auch nur im Winter hier. Ich werde im Internet mal nachsehen was hier in der Nähe geboten ist.

Joelle lächelte, *ich habe vorher einen anderen Plan...*

Der Jeep rollte vom Hof in Richtung fester Straße. Joelle machte wieder Bilder über Bilder.

Sie genoss die Landschaft und die kleinen Häuser die einfach in die Wildnis gebaut waren. Sie rief alle paar Minuten *schau, schau das ist ja auch süß.* Markus musste jedes Mal dabei lächeln.

Jetzt bin ich aber gespannt wohin du mich bringst, fragte Joelle nach einigen Stunden Fahrt.

Warte in ein paar Minuten sind wir da, erwiderte Markus *aber nicht, dass du dann schreist weil du es so schön findest.*

Markus stoppte und legte eine andere Übersetzung am Jeep ein. Jetzt noch etwas durch das Gelände und den Rest zu Fuß. Nach weiteren zehn Minuten stoppte sein Jeep mitten in der Wildnis. *Ich hoffe du hast noch genug Saft auf deinem Telefon? Du hast doch bestimmt Norwegen leer fotografiert.*

Beide schlenderten Hand in Hand ihrem Ziel entgegen. *Nein, nein, nein ist das schön und niemand hier außer uns zwei.*

Ja Joelle, das ist der Preikestolen ein sehr bekannter Platz in Norwegen circa 600 Meter hoch.

Wow, das ist, sie hatte keine Worte für das was sie grade sah. Jolle umarmte Markus, *gehst du mit mir vor an die Kante?*

Ja natürlich, komm gib mir deine Hand. Joelle legte ihre Hand in seine und folgte ihm. Du bist der einzige Mensch dem ich so vertrauen kann dachte sich Joelle als sie am Rand des Abgrundes standen.

Der Himmel war wolkenfrei und blau, der Blick überwältigend. Ehrfürchtig standen beide am Hang und blickten wortlos auf diese unfassbare schöne Natur. Man hatte das Gefühl mit den Vögeln zu fliegen.

Danke sehr, dass du mir das alles zeigst.

Nicht dafür, mach deine Bilder. antwortete Markus locker, *komm wir stellen uns zusammen mit dem Rücken zum Abhang und mache Eines von uns zusammen.*

Hey, Joelle, Markus streichelte ihr über den Kopf, sie war auf der langen Rückfahrt in die Nacht eingeschlafen.

Mit zwei kleinen Augen wachte sie auf und berührte Markus sanft im Gesicht. *Ich bin wohl von so viel neuen Eindrücken und der frischen Luft eingeschlafen.*

Das ist kein Wunder, aber ich hoffe du hast gut geschlafen?

Ja, flüsterte sie mit einer so süßen Stimme, dass Markus am liebsten geschmolzen wäre. *Ich bin bei so einem schönen Lied von Fleetwood Mac eingeschlafen.*

Morgen wieder nach Hause? fragte Markus.

Von mir aus nicht, aber ich richte mich nach dir.

Wir schlafen morgen richtig aus, genießen noch den Tag und dann fahre ich nachts. Aber vorher zeige ich dir Oslo, was sagst du dazu?

Oh ja schön, ich freue mich auf die Stadt. sie lächelte wieder so offen. Manchmal waren bei ihr, Worte gar nicht hilfreich ihre Augen sagten oftmals mehr als tausend Worte. *Kannst du das denn schon wieder, so lange in der Nacht fahren? Wenn du nicht mehr kannst, dann sagst du mir das bitte.* Joelle legte ihre Stirn in Sorgenfalten.

Beide lagen zusammen im Bett sie hatte ihren Kopf auf seiner Brust. Das nächtliche Licht tauchte das Zimmer in Dunkelheit, aber wiederrum auch nicht. Einige Eulen machten dazu Musik. Es war wie in den Kinofilmen, wo immer in der Nacht ein Licht leuchtet. Nur das was Beide im Moment grade spürten und fühlten war kein Kino, das war real. Das war Leben wie es sein sollte.

Der perfekte Augenblick, den man auch nicht beschreiben kann, man kann ihn nur fühlen.

Ich freue mich auf Morgen, war das letzte was sie sagte dann war sie eingeschlafen und zischte leise in den Tiefschlaf. Markus beschäftigenden noch Gedanken über die er aber auch irgendwann einschlief.

Joelle weckte Markus mit einem dicken Kuss, *aufstehen das Frühstück für meinen Wikinger ist fertig.*

Als Markus das Zimmer betrat, standen brennende Kerzen auf dem Frühstückstisch und es roch nach Kaffee und einem guten Frühstück. Sie war einfach eine wunderbare Köchin.

Der Koffer von Joelle stand fertig gepackt im Zimmer, sie hatte ihre High Heels an, ein Sommerkleid und war einfach schön anzusehen, *fertig. Nimmst du mich so mit?* fragte sie lächelnd

Markus drückte ihr einen dicken Kuss auf ihre vollen Lippen

Nein! und lachte herzlich los, *doch, genau so möchte ich dich mitnehmen.*

Also es gibt viel zu sehen und Oslo ist wohl eine der grünsten Städte der Welt.

Beide genossen das Bummeln durch die Stadt und die Zeit verging schneller als den Beiden lieb war.

Markus? Weißt du was? Ich glaube wir sind das einzige Paar in Norwegen das sich seit fast acht Uhr nicht mehr losgelassen hat.

Das finde ich nicht schlimm im Gegenteil, erwiderter Markus glücklich.

Joelle war glücklich über die Gefühle zu Markus und das er wieder lachen und lächeln konnte, aber in manchen stillen Momenten konnte man doch noch das Ernste und den Schmerz in seinem Gesicht sehen. Ich glaube er lässt mich nicht mehr los, weil er so jemanden wie er es mir erzählt hat, mal verloren hat. Er nicht da war in diesem Moment.

Markus, schau da oben ist ein Restaurant, ich möchte dich gerne zum Essen einladen! Man hat von dort einen tollen Blick über die Stadt.

Gut danke, dann lass es uns tun. Markus küsste Joelle und beide gingen in Richtung des Restaurants. Oslo tauschte das rote Licht der Sonne, in ein Meer von Lichtern.

Nachdem die beiden typisch norwegischen Fisch gegessen hatten gab es für Markus noch jede Menge Kaffee. Er war gut, aber er wusste auch, dass er jetzt noch ein gutes Stück fahren durfte.

Fertig? fragte Markus

Und wie! Ich habe meine Heels aus und bin angeschnallt und du bist sicher, dass du das jetzt kannst?

Markus nahm Joelles Kopf in beide Hände und küsste sie. *Ich bringe dich sicher und heil ins Bett zuhause,* OK?

Aber mit dir zusammen bitte, erwiderte sie liebevoll zurück und streichelte ihm über seinen Kopf.

Ein Stück fahren wir diesmal über das Meer, wir nehmen die Fähre.

Oh, wie schön, lächelte Joelle, *dann kannst du dort etwas schlafen!*

Richtig, du hast es erfasst, antwortete Markus *das war mein Plan.*

In den Morgenstunden öffnete Markus das Tor der Tiefgarage und streichelte über das Armaturenbrett *bist du gut gelaufen.* Als der Motor zum Stillstand kam wurde Joelle wach und blickte vor sich auf die Wand in der Tiefgarage. *Du hast dein Versprechen gehalten. Du bist echt verrückt.* Verträumt strahlte sie dabei Markus an.

Möchtest du bei dir schlafen oder bei mir, mit mir?

Na ich denke, ich möchte mit dir einschlafen.

Schön, es würde mir auch etwas fehlen wenn du nicht bei mir liegen würdest, antwortete Joelle müde aber glücklich.

Markus war keine zwei Minuten aus dem Bad und im Bett, als er glücklich und zufrieden in Joelles Bett einschlief

Kapitel 10

Die Tage und Nächte liefen, wie es bei Paaren, die neu zusammen sind, so laufen. Man tauschte die Vergangenheit aus, Wünsche, Sorgen, Träume, so wie es jeder konnte. Es war eine Mischung aus Vielem.

Aufgefallen war Markus, dass diese junge Frau die in seinem Arm lag, solche Angst vor dem Tod hatte obwohl sie so jung war. War das ein neuer Trend der sich in der Gesellschaft breit machte?

Es fragte in diesem Thema nicht weiter, weil er damit auch immer wieder Narben aufreißen würde die noch nicht mal Schorf entwickelt hatten, obwohl es jetzt auch schon eine Weile her war.

Aber man kann nicht einen Menschen durch einen anderen ersetzten, dass wusste er vielleicht besser als jeder andere. Manche haben besondere Eigenschaften und manche eben nicht.

Am späten Nachmittag klingelte das Telefon bei Markus. Er hatte den Ton wieder angestellt seit er in Deutschland war.

Na du? Danke für die Bilder aus Norwegen, es war wohl sehr schön dort! Und wie ist sie?

Sie ist toll, antwortete Markus mit euphorischer Stimme.

Das freut mich für dich oder besser für euch, antwortete Fenja zufrieden.

Joelle kam mit einem Kaffee in der Hand in ihr Wohnzimmer, *Nicht so lecker aber, ... oh ich wusste nicht, dass du telefonierst - Entschuldigung.*

Markus schüttelte den Kopf, *alles gut, komm her, sag meiner Freundin Fenja aus Holland „Hallo".*

Hallo Fenja, freut mich dich jetzt auf diesem Weg kennenzurlernen, aber ich freue mich noch mehr darauf dich mal zu treffen, mein Name ist Joelle.

Die beiden unterhielten sich als ob sie Geschwister waren. Das war toll, Kochen, Kleidung, bis zum Thema Altersunterschied. Fenja klopfte echt auf den Busch Sie möchte halt nur das Beste für mich.

Hey, ich würde sagen wir sehen uns alle in Kürze und dann könnt ihr so viel sprechen wie ihr wollt und ich gehe zum Strand in der Zeit.

Richte bitte Markus aus, er soll, wenn es geht seinen süßen Po zu mir bringen, natürlich mit dir zusammen.

Was Joelle eins zu eins direkt weitergab. Markus verdrehte seine Augen.

Ich werde es mit ihm absprechen, lachte Joelle mit Fenja am Telefon.

Schöne Grüße, soll ich dir noch bestellen.

Danke dir, gab Markus zurück und nahm sein Telefon wieder in Empfang und legte auf.

Möchtest du, dass ich auch mal in deine Wohnung komme? Oder bin ich dir dann zu nahe? fragte Joelle vorsichtig nach. Markus überlegte kurz, legte seine Stirn in Falten und antwortet

Nein, gerne, wenn du möchtest?

Ist es zu nahe, mein Liebster? Die Antwort dauerte, aber dann kam sie von Markus.

Nein schon gut, nur ich möchte, dass du weißt, dass diese Wohnung noch keine Frau betreten hat.

Joelle vergrub sich in seinen Armen, *pass auf wenn du mich zu dir mitnimmst wenn es dir passt, ist das Ok und wenn nicht dann ist das auch Ok. Du hast die Zeit.* Markus biss sich auf die Unterkiefer, die dann als Muskeln in seinem Gesicht deutlich zu sehen waren.

Ich muss morgen früh zum Arzt, wenn du möchtest schlaf dich richtig aus, ich bringe dir Brötchen mit.

Das ist eine gute Idee, dann Frühstücken wir gemeinsam und danach kann ich zum Sport, erwiderte Markus froh gestimmt.

Und ich kann dich dann nach dem Sport massieren, lachte Joelle.

In dieser Nacht schlief Joelle unruhig Markus wurde mehrfach wach. Das kannte er von ihr aus Norwegen gar nicht. Vermutlich war es diese Wohnung, dachte er sich und schlief wieder ein.

Joelle hatte Brötchen mitgebacht und beide saßen am Tisch und frühstückten mit reichlich Sonne.

Joelle war aber anders als sonst. *Träumst du?* Sie kam aus dem Tagtraum in ihre geregelte Gedankenwelt zurück. *Ja ich habe geträumt, entschuldige,* erwiderte sie.

Ist alles in Ordnung, fragte Markus mit ernstem Gesicht nach.

Ja natürlich, ich war grade nur in Gedanken und gab ihm einen Kuss durch die Luft.

Liebster, weißt du was ich von Anfangs an direkt wusste?

Nein, antwortete Markus mit fast vollem Mund und schüttelte seinen Kopf um dem Nein zusätzlich Nachdruck zu verleihen.

Ich wusste, dass du gut Küssen kannst. Markus grinste verschwitzt

So? Dann bin ich ja froh.

Als die beiden fertig waren mit dem Frühstück nahm Markus seine Sporttasche und gab Joelle einen langen Abschiedskuss.

Nach geraumer Zeit klingelte es an Joelles Wohnungstür, Markus stand vor der Türe und war gar nicht gut drauf als er die Wohnung betrat.

Hey, was ist los war der Sport nicht gut fragte sie neugierig.

Der war super, aber ich bin geblitzt worden. Dieser Irrsinn mit dem ständigen... egal. Markus schluckte es runter. Er konnte sich über diese Art von Geldmacherei furchtbar ärgern.

Komm ich bringe dich auf angenehmere Gedanken, mein Rennfahrer. Joelle küsste ihn leidenschaftlich und brachte Markus sehr schnell auf andere Gedanken.

Soll ich für Freitag ein paar Leute einladen Als kleine Einweihungsparty, außer du hast etwas Anders vor?

Markus schüttelte nur seinen Kopf, denn er hatte grade sein T-Shirt über seinem Kopf und war grade in Begriff unter die Dusche zu gehen.

Gerne, ich freue mich ein paar von deinen Freunden kennenzulernen, rief er aus dem Bad zurück.

Joelle folgte ihm ins Bad. *Wie viele werden es denn?* rief Markus aus der Dusche, ohne zu wissen das Joelle hinter dem Vorhang stand, sie zog den Vorhang auf und stand nackt vor ihm. *Es werden drei,* lächelte sie und stieg zu ihm in die Dusche.

Der Freitag ließ nicht lange auf sich warten. Joelle hatte sich für ihre Gäste und hauptsächlich für Markus einen kurzen Rock angezogen, dazu passende High Heels und ein Top das ihre gute Figur betonte. Sie wusste, dass es ihm gefallen würde.

Das Wohnzimmer war mit ein paar Kerzen stimmungsvoll dekoriert. Es standen diverse Dips und andere Leckereien auf dem Esstisch. Als es an der Türe klingelte ging Markus an die Türe, Joelle stand im Bad und zog sich ihre Lippen mit rotem Lippenstift zum vierten Mal nach weil sie während der Vorbereitungen immer wieder, wie zwei Teenager, geknutscht hatten.

Oh, habe ich mich in der Türe vertan?

Nein, ich denke nicht, du möchtest zu Joelle? erwiderte Markus freundlich.

Hallo, ich bin Gina, Markus hielt der grade mal 158 cm großen Gina die Hand hin, *komm doch bitte rein. Ich bin Markus.*

Markus der Held? fragte Gina neugierig nach. Markus verdrehte die Augen.

Ich bin kein Held es war meine Pflicht. Gina streckte sich zu Markus hoch und gab ihm einen Kuss auf die Wange.

Danke, sowas macht nicht jeder. Markus, das kannst du mir glauben.

Dann ging es los, Gina und Joelle trafen sich im Wohnzimmer und umarmten sich und …, naja wenn Freundinnen sich treffen wird es immer laut, dachte sich Markus, wie in dem Fall auch.

Es klingelte abermals, in diesem Fall stand ein Mann den Markus schon mal gesehen hatte, mit seiner, so wie es aussah Freundin, vor der Türe.

Hey, ich bin Kalle und das ist Betty.

Hey, guten Abend, begrüßte Markus die beiden höflich.

Kalle und Betty kamen in die Wohnung. Kalle machte auf Markus einen eher primitiven Eindruck, bei Betty war es in ähnlicher Form, aber Kalle übertraf Betty.

Ja richtig, Kalle war der LKW-Fahrer während dem Umzug von Joelle, der, der vor der Ausfahrt stand und so wahnsinnig freundlich war. Die Bilder kamen Markus wieder in den Sinn, es war vor Holland als Joelle an meine Scheibe kam.

Gina hatte einen sehr geschmackvollen Kerzenständer für Joelles Wohnung gekauft, ein wirklich schönes Geschenk. Joelle freute sich sichtlich. Kalle und Betty hatten eine DVD, die wohl eher Kalles Geschmack entsprach, als Einzugsgeschenk gekauft.

So, jetzt setzt euch bitte alle, Joelle war eine sehr gute Gastgeberin, alles was sie gemacht hatte war mit dem Herzen gemacht und sie achtete stets darauf, dass alle Gäste genug in ihren Gläsern hatten. *Meine Lieben, falls er sich noch nicht vorgestellt hat, das ist Markus mein neuer Freund.* Die Gespräche kamen trotz der kleinen Gruppe durcheinander, aber gut zu sehen war das Kalle in circa zehn Minuten die zweite Flasche Bier geleert hat. *Schneller Zug,* sprach Markus ihn darauf an.

Ja danke, man ich schaffe gut Zehn davon

Markus spielte sein Spiel mit, *cool ich schaffe das nicht.*

Musst du üben, können wie ja zusammen mal machen. Markus dachte sich bevor ich mein Leben so verschwende springe ich lieber von der Brücke. Er war einfach gestrickt, aber vermutlich ein netter Kerl und seine Betty hatte wohl nicht so viel zu den Gesprächen beizutragen, dachte sich Markus. Er stand auf und holte Joelle ein neues Glas Rotwein. Gina und Joelle waren in derselben Firma beschäftigt und hatten sich über die Zeit eng befreundet.

Die anderen Beiden waren eher sporadisch mal mit Joelle unterwegs, aber der Grund für die Freundschaft war bei Kalle gut zu erkennen, er stand auf Joelle.

Und, was machst du beruflich? fragte Markus Kalle, damit der Gesprächsfaden nicht verloren ging.

Ich? antwortete Kalle *ich fahre Pakete aus, bin selbständig. Bin der Packet Blitz im wahren Sinne.*

Ja Schatzi, das bist du, ergänzte Betty plötzlich. Unfassbar sie kann sprechen, sie hat den Mund nicht nur zum Essen, Trinken und Blasen, dachte sich Markus.

Ich bin mit meinem Team der Schnellste, ja hin und wieder geht mal ein Paket kaputt oder ich werde geblitzt, aber dann ich wechsle die Nummernschilder aus, von Schrottwagen, so finden die Idioten mich nicht. Kalle lachte überheblich, *ich hoffe, du bist kein Bulle?* Kalle hatte sich verquatscht und merkte es ernst nach dem Geständnis.

Was für ein Schatz, lachte Markus in sich hinein, platter ging es wohl kaum.

Und wo fährst du so deine Pakete aus? fragte Markus neugierig oder eher aus Höflichkeit .Kalle leerte eine weitere Flasche und stellte sie wie eine Trophäe auf den Tisch. *Eigentlich überall hier in der Gegend, aber auch mal nachts wenn sie weiter weg müssen.*

Betty, ich denke mal du fährst? fragte Markus neugierig, in Anbetracht Kalles Bierkonsum nach.

Ich nein, ich habe keinen Führerschein, mein Schatzi kann das schon. Markus nickte zur Bestätigung und wendete sich dann aber lieber Joelle zu.

Nach einer guten Stunde hatten alle gegessen und Joelle zeigte Gina und Betty die Wohnung, Kalle blieb sitzen und trank sein letztes Bier, es war nichts mehr da.

Was fährst du denn für ein Auto? fragte Kalle neugierig nach.

Nichts besonders, einen Jeep Wrangler,

Coole Karre, ich Mercedes Vito, mit den fahre ich auch die Pakete.

Markus nahm einen Schluck Wein.

Weißt du, Alter du bist wohl ein cooler Typ, nachdem was Joelle geschrieben hatte.

Danke, man tut was man kann, antwortete Markus.

Gina kam zu Markus um auch mehr von ihm zu erfahren und flüsterten ihm leise ins Ohr, *du weißt das Joelle dich liebt? Tu ihr bitte nicht weh, sie hat schon eine Menge Scheiße erlebt.*

Markus nickte Gina zu, *mach dir keine Sorgen sie ist in guten Händen.*

Die CD spielte inzwischen Musik ab die Kalle mehr zu sagte, er fing an zu tanzen. Markus konnte sich das nicht ansehen, er nahm auf dem Balkon eine Auszeit und rauchte zum seinem Glas Rotwein eine Zigarette.

Joelle kam dazu, *hier bist du, Liebster* und drückte sich eng an ihn heran. *Ich weiß, er ist anstrengend, aber ist soweit ein netter Kerl.*

Markus nickte verständnisvoll, *es sind deine Freunde.*

Nach einer weiteren Stunde verabschiedeten sich die Gäste. Markus und Joelle standen auf dem Balkon und sahen wie alle in ihre Autos stiegen.

Das ist der Paketwagen von Kalle? Der hat doch wohl keinen TÜV mehr, das sind rechts das Licht und der Blinker kaputt.

Ja, erwiderte Joelle, *so fährt er schon eine lange Zeit rum. War es für dich auch ein schöner Abend?* Joelle streichelte Markus durch sein Gesicht. *Gina mag dich, sie meinte bist das Richtig für mich. Nicht wieder so ein Lappen, wie sie immer sagt.* ⋅

Markus lachte los, *hattest du sonst Lappen?*

Ja, die meisten waren es leider, alle kein Rückgrat.

Na komm wir räumen schnell etwas auf und dann ziehe ich dich mal aus. grinste Markus.

Ich gehe nochmal schnell ins Bad, rief Joelle Markus zu.

Schon wieder für kleine Prinzessinnen? Du warst heute Abend schon fünf Mal.

Joelle antwortete nicht mehr auf darauf. Markus hatte eine Flasche Wein mit ins Schlafzimmer genommen, zwei Gläser und dazu die CD von Barry White in dem CD Player im Schlafzimmer aufgelegt.

Joelle kam ins Zimmer, zwei Kerzen brannten, die Musik spielte und verwandelte das Zimmer in einen magischen Raum. Mit tiefen Blicken fixierte Markus Joelle die aus dem Bad kam und das Zimmer betrat. Er stand auf, nahm sie in den Arm und tanzte mit ihr Arm in Arm zu Barry White. Joelle schmolz in seinen Armen dahin, davon hatte sie ihr ganzes Leben schon geträumt.

Einmal, einen Mann mit Gefühlen, der nichts spielt, der mit Sicherheit nicht ohne Fehler ist, aber der eine Persönlichkeit ist, ja das ist er. Sie fühlte sich wahrhaft geliebt, ohne dass er etwas gesagt hatte, aber sie hatte keine Angst mehr. Diese Gedanken durchfluteten ihren Körper. *Ich habe noch eine Überraschung für dich!* flüsterte Markus Joelle ins Ohr. Ihr Lächeln verzauberte ihn mittlerweile das tausendste Mal, aber er konnte von ihrem Lächeln nicht genug bekommen. *Mach deine Augen zu*, flüsterte er ins andere Ohr.

Ich habe sie die ganze Zeit zu, flüsterte sie zurück. Markus nahm eine Hand von ihr und legte dort etwas hinein.

Jetzt schau! Joelle öffnete die Augen und blickte in ihre Hand in der eine kleine Hollandflagge von einem Käse Spiecker lag. Sie wusste direkt was los war.

Wann? flüsterte sie mit einem sexy und freudigen Unterton.

Wenn du morgen noch nichts Besseres vorhast?

Joelle sprang auf Markus Hüften. *Ja* schrie sie vor Freude, *ich habe nichts mehr Besseres vor, ohne dich.*

Aber ich habe auch etwas für dich mein Wikinger, ich habe keinen Slip an. Joelle setzte sich auf seinen Schoss und beide ließen sich nach hinten auf das Bett fallen.

Hast du alles?

Ja, Liebster mein Koffer ist fertig, antwortet Joelle. *Nehmen wir nicht den Jeep?* fragte Joelle neugierig.

Nein, der hier braucht mal wieder etwas Autobahn unter den Reifen und wir haben nicht viel Gepäck.

Sollen wir nicht auch mal mit meinem fahren?

Nein, alles gut den nehmen wir das nächste Mal, mit dem geht's jetzt schnell, erwiderte Markus.

Joelle drückte Markus im Auto einen dicken Kuss auf seine Lippen.

Das Verdeck war offen und sie hatte wieder ihren schönen golden Zopf.

Als die Tachonadel des Klassikers die zweihundert überschritten hatte, legte Joelle ihre linke Hand auf sein Bein. Markus schaute sie an und sie übermittelte mit ihrem Blick - *ich vertraue dir ohne Grenzen.*

Fenja stand draußen als die beiden vor ihrem Hotel vorfuhren. *Du Poser*, rief sie mit einem Lachen in der Stimme Markus zu. *Ja so sind die Deutschen, Sportwagen und junge blonde Frau auf dem Beifahrersitz.*

Darf ich vorstellen, das ist Joelle

Fenja, *freut mich.* Joelle war ganz aus dem Häuschen, *komm ich bringe dich rein.* Fenja umarmte Joelle und führte sie das Hotel.

Man hörte nur noch aus der Ferne, *wo hast du diese geilen High Heels her.*

Frauen, da haben sich zwei gefunden dachte sich Markus und trug das Gepäck rein.

Am Abend saßen alle drei im Hotelrestaurant und genossen das Beisammensein.

Entschuldigt ihr mich, ich muss mal eben, sagte Joelle und verließ den Tisch.

Markus hör mal, sie ist toll, sie ist zwar sehr viel jünger, aber sie hat das Herz am richtigen Fleck und sie liebt dich, das habe ich sofort gesehen. Sie ist nicht oberflächlich und sie sucht nicht das Abenteuer. Sie wird dich... nein ihr werdet euch glücklich machen. Ich weiß was in deinem Herzen los war oder ist. Gott hat dir eine neue Liebe geschenkt, nimm sie an. Sie würde es auch wollen, das weißt du genau. sie ist eine gute Frau und sie braucht so etwas wie dich und du so etwas wie sie. Vielleicht hat sie, sie dir vom Himmel geschickt weil Sie gesehen hat, wie sehr du immer wieder gelitten hast. Mache dein Herz auf Markus und lasse sie rein.

Ja du magst Recht haben Fenja, sagte Markus leise und nahm sich eine Serviette um seine Tränen zu trocknen.

Nein, ich habe Recht, erwiderte sie.

Hey mein Engel, Joelle kam wieder an den Tisch und Markus gar ihr ein liebevollen Kuss.

Kapitel 11

Jetzt ab ins Bett ihr zwei Süßen. Markus blicke Fenja sanft an, sie wusste was er damit meinte. Diesen Blick hatte er auch immer drauf wenn seine verstorbene Frau und er eine Meinungsverschiedenheit hatten und er sagen wollte „Ja, du hast mit allem Recht."

Joelle stand im Zimmer und blicke auf das Meer, der Mond spiegelte sich in den Weiten der Wellen. *Bist du glücklich?* fragte sie leise, sie hatte wohl Angst das Etwas kommen würde was sie sich nicht ausdenken wollte. Markus nahm sie von hinten in die Arme

Ja Joelle, ich *bin sehr glücklich und das mit dir.* Es tropften Tränen auf seinen Arm.

Ich habe einfach Angst, dass ich dich nicht so erfüllen kann wie sie es tat und ich möchte sie auch nicht kopieren verstehst du mich?

Joelle du bist eine wunderbare Frau sensibel, hübsch, liebevoll, loyal und ich vermisse dich jetzt schon wenn du gleich schläfst. versuchte Markus sie zu beruhigen.

Das hat noch niemand zu mir gesagt.

Er küsste sie von der Seite auf die Wange. *Hör zu mein Herz, sie ist nicht du und du bist nicht sie. Mache dir keine Sorgen.* Joelle dreht sich zu ihm, streichelte seine Wange und strahlte ihn an. Markus hob sie hoch und legte sie auf das Bett.

Guten Morgen, kroch Markus zu Joelle auf die Bettseite. *Wo bist du?* rief Markus durch das Zimmer.

Ich bin hier, Joelle öffnete die Badezimmertür, ich bin auch grade wach geworden. Joelle gab Markus einen Kuss, *hast du gut geschlafen?*

Ja, ich bin an deinem Rücken eingeschlafen.

Joelle ging an das Fenster und zog die Vorhänge auf. *Oh schau der Strand, wie schön. Komm schnell aus dem Bett.* Es war süß zu beobachten wie Joelle vor lauter Lebensfreude von einem Bein auf das andere hüpfte.

So schnell war ich noch nie beim Frühstück, stellte Markus fest als sie beide am Tisch saßen.

Ich möchte, dass du mir den Strand zeigst, Joelle war ganz aufgeregt.

Markus ging mit ihr hinunter zum Strand und Joelle zog sich sofort das T-Shirt, unter dem sich ein schwarzer Bikini zeigte, aus. *Und was sagst du?* Joelle poste vor Markus *gefällt dir deine Freundin?*

Naja, das ist schon fast sexuelle Belästigung, lachte Markus. Joelle zog am Bikinioberteil, es löste sich und fiel in den Sand. *Ok, dann ist es jetzt richtige Belästigung,* sie schaute Markus sexy fordernd an. Die beide küssten sich in den Weiten des Strandes und Meeres.

Am frühen Abend kamen beide wieder auf ihr Hotelzimmer, Joelle sprang unter die Dusche und rief *nicht das du denkst, dass ich alleine dusche!*

Markus blicke um die Ecke der Türe *und wer hat dir erlaubt, dass du alleine in die Dusche gehst?* Markus zog sich grade ein weißes Hemd an als es an der Türe klopfe.

Hey ihr zwei, wie war der Strand? Fenja stand im Türrahmen und lächelte Markus an.

Es war traumhaft, erwiderte Markus, *aber auch viele Erinnerungen.*

Lass dir den Schmerz von ihr nehmen, sagte Fenja sehr leise. *Sollen wir heute wieder zusammen essen?* fragte sie, dann wieder in normaler Lautstärke, nach. *Joelle, möchtest du heute Abend den leckersten Fisch von der Küste essen?*

Oh ja, kam eine Stimme aus dem Bad.

Gut, das wäre geklärt um achtzehn Uhr unten?

Markus lächelte, *wir werden pünktlich da sein, danke sehr.*

Joelle sah umwerfend aus, sie hatte ein schwarzes Kleid angezogen und ihre blonde Mähne mit leichten Wellen verschönert, dazu ihre Lippen mit einem tiefroten Lippenstift hervorgehoben.

Schau da ist aber eine Frau heute die Prinzessin von dir. lächelte Fenja die beiden an.

Guten Abend, danke für deine Einladung Fenja, dem schließe ich mich an, meine kleine holländische Freundin. Markus nahm sie dazu in Arm und küsste ihre Wange.

Ihr beiden habt eine gesunde Hautfarbe, ich hoffe ihr habt auch so einen Hunger? Ich habe den Fisch extra im Wasser gelassen, der Koch wird ihn jetzt erst frisch zubereiten. Markus ich denke du bekommst Seezunge. Fenja lächelte, sie wusste was ihr deutscher Freund gerne aß. *Und du Joelle?* fragte Fenja

Also ich würde auch gerne die Seezunge essen, wenn du zwei davon hast.

Fenja nickte, *selbstverständlich* und ihre Augen leuchteten.

Alle sahen glücklich und zufrieden aus. *Fenja, du bist die beste Gastgeberin von Düsseldorf bis Dänemark.*

Du bist ein Schatz, danke sehr Markus.

Ja, er hat Recht, schloss sich Joelle an, *es war ein so tolles Essen.*

Weißt du Süße, je älter Markus und ich geworden sind umso kleiner sind unsere Wünsche geworden. Er ist nicht perfekt, genau wie ich auch, aber ich möchte diesen Mann, der neben dir sitzt

nicht für hundert andere Männer eintauschen. Bitte pass auf ihn auf. Ich hätte ihn schon ein paar Mal fast verloren. Fenja liefen die Tränen

Markus stand auf und ging um den Tisch herum und drücke Fenja sehr liebevoll und flüsterte ihr etwas ins Ohr.

Joelle hielt Fenja die Hand, *ja das verspreche ich dir.*

Jetzt genug der Tränen. Fenja gab ihrer Mitarbeiterin ein Zeichen, die daraufhin eine Flasche Champagner im Kühler und die entsprechenden Gläser brachte.

Fenja, du bist verrückt, lächelte Markus sie an. *Die zahle ich selbst und du bist mit der Flasche bei mir eingeladen.*

Nein, brach Joelle *ich würde das gerne übernehmen, denn ich freue mich, dass du mich sofort so freundschaftlich angenommen hast, Fenja.*

Gut Süße, du darfst das, aber Markus du wirst sie mir nicht zahlen. Fenja spitze die Lippen zum Kuss für Markus.

Am nächsten Morgen lagen beide quer im Bett, *Liebster?*

Ja ich bin hier, antwortete Markus mit schwerer Stimme. *Das war also Fenja meine Freundin.*

Sie ist so süß, sie liebt dich,

Ich weiß, antwortete Markus leise, *ich sie auch, wir waren immer für uns da. Und wir beide, haben jetzt unseren ersten gemeinsamen Kater,* lachte Markus.

Markus ging mit seinem Gepäck nach dem Frühstück runter und fuhr den Wagen hoch, da kam Fenja auf ihn zu kam und fragte, *na alles überstanden?*

Markus lachte, *das muss ich dich wohl auch fragen!*

Ja mein Lieber, alles gut. Bevor ich es vergesse, du hast mal eine Mappe mit Bildern hier auf dem Zimmer liegengelassen, ich denke du weißt was dort drin ist. Markus nicke wortlos. *Stecke sie gut weg und lasse sie ruhen, hörst du?* Markus nickte wieder wortlos *Ich wollte sie dir erst schicken, aber das hat mir kein gutes Gefühl bereitet.*

Ist noch etwas nachgekommen, wegen der Sache auf dem Parkdeck, fragte Markus leise nach. Während er den Umschlag mit den Fotos in sein Sacco steckte.

Frag nicht, alles ist geklärt, du kennst mich doch.

Markus nahm Fenja in den Arm, *du bist und bleibst die Beste, ich liebe dich.*

Nur noch dreißig Minuten, dann sind wir wieder in unserem Zuhause, stellte Joelle fest.

Joelle? Markus blickte sie ernst an, *ich möchte das du heute Nacht bei mit schläfst. Du kannst die Wohnung jetzt gleich sehen, ich habe nichts an ihr verändert. Ich möchte nur, dass du mir das glaubst.*

Ich glaube dir alles, was du sagst, schaute Joelle Markus liebevoll an.

Das Schloss gab nach und die Tür öffnete sich. Joelle betrat bald ehrfurchtsvoll seine Wohnung. Es standen viele Bilder herum, auf fast jedem Bild lächelte sie oder schaute verträumt in die Kamera.

Darf ich? fragte Joelle ob sie ein Bild vom Tisch nehmen dürfte. Markus nickte *Sie war so hübsch und man sieht dass sie eine gute Frau für dich war.*

Ja, da hast du Recht, danke für diese warmen Worte. Ich möchte jetzt alle Bilder in einen Schrank räumen. Wenn du möchtest, kannst du in der Zeit die anderen Zimmer auch betreten.

Nein, die zeigst du mir wenn ich wiederkomme. Das ist eine Sache die du jetzt für dich alleine erledigen musst, erwiderte Joelle

Ja so wird es wohl besser sein und küsste sie zärtlich.

Joelle zog die Tür ins Schloss. Markus stand von der Couch auf und rannte zur Türe. *Hey Joelle*

Ja? Habe ich etwas vergessen? antwortete sie

Nein komm mal her. Joelle blicke um die Ecke der Treppe und Markus packte und küsste sie.

Dann vielen die drei magischen Worte. *Ich liebe dich, Joelle. Ich hoffe, ich habe dich nicht verletzt.* Joelle blicke Markus liebevoll an.

Nein, nein ich verstehe dich. Und was ich dir auch sagen möchte, ich liebe dich auch!

Dieses Mal hatte Markus etwas gekocht und sie hatten sich einen Film angeschaut.

Als beide schon stundenlang im Bett und geschlafen hatten wurde Markus plötzlich wie von einem Schlag geweckt. Er schob Joelle vorsichtig zur Seite, da sie das miteinander Einschlafen wortwörtlich nahm.

Er schlich sich leise in den Flur wo sein Sacco hing, griff nach dem Umschlag in der Innentasche und ging ins Wohnzimmer, öffnete ihn vorsichtig und sah die Bilder, die, die Polizei gemacht hatte vom ihrem Unfall. Dazu waren Vermerke von der Polizei gemacht. - Kontakt mit fremdem Fahrzeug hinten links durch Verursacher - Einschlag im Feld, circa drei Meter von der Straße abfallend, daraufhin Kontakt mit stehendem landwirtschaftlichem Fahrzeug - Lenkerin des Fahrzeuges eingeklemmt – Sie verstarb an der Unfallstelle.

Markus stecke die Bilder wieder in den Umschlag und ging wieder zur Joelle ins Bett und schlief unruhig wieder ein.

Hey mein Kleines, bist du schon wach?

Ja ich habe mir sogar schon deine Wohnung im Tageslicht angesehen. Als ich den Tisch decken wollte fiel mir ein Teller im Schrank auf, es war wohl kein Backpulver mit dem er voll war.

Ach ja entschuldige,...

Keine Sorge, ich weiß was das ist, das gibt es nicht nur in deinem Küchenschrank, das gibt es weltweit.

Hast du es entsorgt? fragte Markus nach,

Nein, das ist nicht meines, es ist deine Wohnung. Du darfst machen was du möchtest. Das sind aber geschätzt mehr als zweihundert Euro auf dem Teller.

Markus nickte *das kann gut sein, aber mein Kopf...* Joelle unterbrach Markus

Ich weiß warum, ich mache dir keinen Vorwurf.

Wo steht es denn jetzt, fragte Markus nach.

Dort wo es vorher auch stand. Markus stand auf ging in die Küche öffnete den Schrank, nahm den Teller heraus und ging damit ins Bad. Er stellte den Teller samt Inhalt in die Dusche und öffnete den Wasserhahn. Als der Teller wieder sauber war ging er in die Küche und stellte ihn in die Spülmaschine.

Hast du damit Erfahrungen, fragte Markus

Ja, aber eher aus anderen Gründen als du sie hattest, bestätigte Joelle ruhig.

Gut dann lass uns das jetzt vergessen und frühstücken, Markus nahm Joelle an der Hand und zog sie mit.

Man ist der cool, andere hätten geschrien wenn man ihren Koks die Toilette herunter gespült hätte und mein Liebster macht das selbst, dachte sich Joelle. Während der dritten Tasse Kaffee lenkte Markus das Gespräch in eine andere Richtung.

Du dein Freund Kalle, der liefert doch Pakete aus?

Ja wieso, hast du etwas für ihn.

Ja ich glaube schon, antwortete Markus.

Möchtest du seine Nummer? fragte Joelle nach

Ja bitte, schreibe sie mir auf, gute Idee.

Joelle nahm einen Zettel der auf dem Tisch lag und notierte dort die Nummer von Kalle dem Paketfahrer.

Und das Paket kommt auch an?

Joelle grinste, *naja ich hoffe doch, der kann ganz schön wild fahren. Ich wundere mich sowieso, dass er noch lebt. Denn er ist bei weitem kein so guter Fahrer wie du.*

Na gut ich überlege mir das mir dem Paket, möchtest du noch einen Kaffee?

Gerne mein Liebster.

Joelle war vollkommen glücklich. *Schade, dass ich bald wieder arbeiten muss.*

Markus nickte, *ja aber das Schöne ist, dass wir es nicht weit zu uns haben. Somit sparen wir uns viel Zeit* ergänzte er.

Apropos, ich werde mal hoch in meine Wohnung gehen und alles wieder auspacken, ist das Ok?

Ja mach das, damit nicht alles verknüllt.

Als Joelle sich auf den Weg in ihre Wohnung machte, tippte Markus die Nummer von Kalle in sein Telefon.

Das Gerät wählte die Nummer und Markus beobachtete das Display. *Ja Kalle hier, wer da?*

Markus, der Freund von Joelle.

Moment ich..- verdammtes Arschloch fahr doch - war am anderen Ende zuhören.

Hallo? Wer ist da? fragte Kalle erneut nach.

Markus, der Freund von Joelle, wiederholte Markus.

Natürlich wie geht's dir?

Gut, und selbst? .

Was ist denn los, muss ein Paket gefahren werden?

Ja, so könne man es sagen, antwortete Markus *ist es möglich, das am Montagmittag bei mir abzuholen? Ich denke du kommst doch selbst oder?*

Ja, klar kein Problem, von dir wohin geht es, fragte Kalle nach.

In die Niederlande.

Kalle fing an zu lachen, *hör mal die Drogen kommen von dort, nicht von uns aus Deutschland.* Dann hörte man nur noch ein Lachen am anderen Ende. Markus stand kurz davor aufzulegen weil es ein furchtbares Telefonat war, aber er hielt es aus.

Pass auf Kalle, kannst du um zwölf bei mir sein, meine Nummer hast du ja.

Klar ich werde da sein, wie schwer ist es? fragte Kalle nach.

Keine dreihundert Gramm.

Gut bis Montag. Kalle hatte das Gespräch beendet.

Himmel, ist der dämlich dachte sich Markus, als es an der Türe klopfte. *Hey,* Joelle stand mit ihrem umwerfenden Lächeln vor seiner Türe.

Komm rein, Kleines und küsste sie.

Ich wollte zum Supermarkt fahren brauchst du etwas? fragte Joelle mit einem Beutel bewaffnet.

Schau mal im Kühlschrank nach was fehlen könnte, antwortete Markus. Jolle inspizierte Kühlschrank, gab Markus einen Kuss und schon war sie wieder weg. Er rief ihr noch hinterher *bis gleich.*

Markus sendete eine Nachricht an Fenja mit den Worten „*du bekommst ein Päckchen, Du kannst es direkt in den Müll werfen, ist nur ein Test Grüße Markus*"

Gut zwanzig Minuten später kam ihre Antwort. „*Mache ich - Kuss Fenja.*"

Das liebte er an Fenja sie fragte nicht zehnmal nach. Sie machte es einfach und unkompliziert.

Markus stand in seinem Büro und ließ seine Blicke über seinen Schreibtisch schweifen. Da bist du ja, er griff nach einem gepolsterten Din A 4 Umschlag notierte die Adresse von Fanjas Hotel drauf, legte ein paar Werbebroschüren hinein, verklebte alles und legte ihn in eine Schublade.

Beide hatten es sich auf Markus' Couch bequem gemacht. *Wie oft bist du eigentlich im Zoo?* Schaute Joelle ihn fragend an.

Möchtest du auf etwas anspielen? lachte Markus und machte einen Affen nach. Joelle krümmte sich vor Lachen.

Hör bitte auf, bettelte sie, *Hilfe, mein Bauch,* weil es für sie so unsagbar albern aussah.

Markus legte sich auf sie, sie küssten sich und beide schauten sich Minuten lang in ihre Augen, schmeichelten und streichelten sich. Beide konnten einfach nicht voneinander lassen, es war als ob die beiden sich ständig anzogen. Dann sprang Joelle auf, *Mist ich muss mal auf die Toilette. Moment bitte.*

Geh, ich fülle uns in der Zeit etwas Wein nach, erwiderte Markus ruhig.

Möchtest du die Bilder die ich vom Stand und in Norwegen gemacht habe, auch haben? kam sie fragend zurück in das Wohnzimmer und ließ sich in Markus Arme sinken.

Markus schaute Joelle mit ernster Mimik an, *nein wozu?* Dann fing er an zu lachen, *natürlich möchte ich die alle haben.*

Du Scheusal, du großes, trommelte sie Markus auf seine Brust. Markus lachte und küsste sie wieder.

Wann musst du denn am Montag aufstehen? fragte Markus bedauernd.

Joelle überlegte kurz, *um kurz vor sieben Uhr.*

Schön dann haben wir beide noch viele Stunden bis wir ins Bett müssen.

Ja, und auch ein paar Nächte bis Montag.

Kapitel 12

Es war Montagmorgen, Joelle küsste Markus sanft als sie das Schlafzimmer verließ.

Er wachte eine Stunde später auf und blickte sich im Schlafzimmer um, es war anders, ja richtig die Bilder waren jetzt weg. *Ich hoffe, du bist mir nicht böse* sprach er zu sich selbst und wusste natürlich das er auch diesmal keine Antwort bekommen würde.

Um kurz vor zwölf klingelte Markus Telefon. Wer das war, war ihm in dem Moment klar.

Hallo Kalle, soll ich rauskommen?

Ja man, das wäre super, erwiderte Kalle fast schreiend zurück.

Als Kalle mit seinem Transporter vorrollte stand Markus schon mit dem Päckchen vor der Türe und wartete. *Hey so schnell sieht man sich wieder, gib mal her.* Kalle nahm das Päckchen Markus aus der Hand und legte es in dem Vito auf eine Waage die im Fußraum lag. *Mensch wirklich knapp dreihundert, gutes Gefühl, mal früher für die Post gearbeitet?* Markus blickte sich in der Zeit den Schaden von dem Transporter in Ruhe an und weil er hinter der offenen Tür stand konnte ungesehen er mit seinem Telefon einige Bilder machen.

Was bin ich dir schuldig, fragte Markus e*s soll bis heute Abend dort sein?*

Wenn das geht? schob er noch hinterher.

Zweihundert incl. der Steuer, weil du es bist. Markus nickte und drückte ihm zweihundert Euro in die Hand.

Vergiss die Quittung setze Markus noch nach.

Cool, dann klopfte Kalle ihm auf die Schultern sprang in sein Vito und fuhr wieder los.

Markus stand noch einige Minuten an der Straße und ließ das grade geschehene auf sich wirken. Dann ging er los, öffnete seine Türe, ging ohne Umweg ins Arbeitszimmer und startete sein PC, Er öffnete das Internet und suchte bei den Volkswagen Händlern in seiner Nähe nach Mercedes Vito Modellen die auf den Jahrgang passten. Nach gut fünfzehn Minuten der Onlinesuche hatte er einen gefunden.

Weitere fünf Minuten später fuhr er sein Cabrio aus der Garage und folgte der Stimme des Navigationsgerätes.

Sie suchen eine Alternative zu ihrem Porsche? kam der Verkäufer auf Markus zu. Er hatte das Cabrio auf dem Hof direkt neben dem Vito geparkt.

Naja nicht direkt, antwortete Markus, *wollen sie sich Einhundert Euro in die Hand verdienen?*

Der Verkäufer schaute Markus skeptisch an. *Dazu müssen Sie mir schon etwas mehr erklären.*

Gut, sehen sie den Golf sieben dort?

Sie meinen den Schwarzen? antwortet der verwunderte Verkäufer.

Genau den, ich möchte das sie den Golf rückwärts an den Vito stellen mit Ergebnis, dass der Vito links hinten zum Golf steht. Als ob der Vito den Golf hinten links trifft, gab Markus noch zusätzlich dazu.

Sind sie Unfallvorscher? fragte der Verkäufer wieder neugierig. Markus drückte dem Verkäufer den grünen Schein in seine Hand. Der daraufhin augenblicklich losging und mit dem Golf zurückkam.

Noch ein Stück, ja, Stopp, perfekt so, Markus nahm sein Telefon zur Hand, blickte aus verschiedenen Winkeln die beiden Autos an, er verglich sic mit dem Vito von Kalle und machte Bilder.

Danke, Markus gab dem völlig verwirrten Verkäufer die Hand und sprang in sein Cabrio und verließ den Platz des Händlers.

Zuhause angekommen nahm er die Bilder von allen Fahrzeugen und sah sie sich genau an. Die Lackspuren passten, das Schwarz von Mercedes war laut der Polizei ausgeblichener, und der Karren von Kalle hat auch so einen schwarz Ton, ungepflegt also das passt perfekt von allen Seiten betrachtet

Sein Kopf pochte und er hatte das Gefühl, dass ihm sein Brustkasten platzte.

Ruhig - sprach er immer wieder zu sich selbst, es ist keine einhundert Prozent sichere Sache.

Markus ließ sich auf seine Couch fallen.

Ich brauche einen freien Kopf. Markus packte sich seine Sportsachen und ging zum Training.

Kurz vor Mitternacht sendete Fenja - Packet im Müll grade gekommen. Joelle hatte sich auf der Couch hinter Markus gesetzt und massierte ihm sanft den Nacken, *man du bist aber verspannt. Zum Glück hast du ja mich jetzt, damit ich dir das mal etwas weg massiere.* Markus drehte sich nach hinten zur ihr und küsste sie. Den Abend und die Nacht verbrachten die beiden Verliebten bei Markus.

Er konnte nicht einschlafen, die Gedanken machten ihn wahnsinnig, leider konnte man ihren Wagen nicht mehr dem Vito gegenüberstellen, denn der war schon lange in der Schrottpresse gelandet.

Markus brauchte einen Plan, der in seinem Kopf immer größere Züge annahm und über den er letztendlich einschlief.

Die Woche zog sich wie bei jedem anderen Paar durch die Tage und Nächte bis zum Wochenende.

Es war der Montagmorgen, der das Leben der beiden Verliebten aus dem Rhythmus brachte.

Guten Morgen, Frau Nachbarin, begrüßte Markus Joelle mit einem Kuss und flüsterte ihr die drei magischen Worte ins Ohr.

Du bist ja schon wach, hat dich mein Wecker geweckt?

Nein. Als du grade im Bad warst bin ich wach geworden, antwortete Markus. Es folgte von Joelle keinerlei Reaktion.

Hey, was ist los? fragte er besorgt nach.

Mir geht es nicht so gut, antwortete Joelle leise.

Markus setzte sich ruckartig auf und schaltete ein kleines Licht an. Joelle lag blass und mit Schmerzen neben ihm.

Was hast du? fragte Markus seine Freundin sorgenvoll.

Mein Bauch, ich habe seit einigen Wochen Probleme mit Verdauung und zwischendurch immer mal zusätzlich Schmerzen im Rücken. Aber heute ist es ganz besonders schlimm – es tut so weh.

Warst du deswegen beim Arzt? fragte Markus ernst nach.

Ja genau, erwiderte Joelle leise,

Wieso hast du mir nichts gesagt du weißt doch, dass du mir alles sagen kannst.

Ja ich weiß, ich wollte nicht das du dir Sorgen machst, mein Wikinger und streichelte Markus kraftlos durch sein unrasiertes Gesicht.

Pass auf, ich bringe dich jetzt direkt zum Arzt, antwortete Markus scharf.

Ich schaffe das schon alleine, erwiderte Joelle leise.

Nein! Du siehst total blass aus und so lasse ich dich nicht alleine raus und noch dazu ans Steuer.

Markus gab ihr einen Schluck Wasser. *Bleib liegen, ich rufe meinen Arzt an.*

Markus sprang aus dem Bett und ging in seine Küche ließ sich einen Kaffee durchlaufen und wählte währenddessen die Nummer seines Arztes. *Markus, guten Morgen, alles Ok bei dir?*

Steven, guten Morgen, danke bei mir ist alles in Ordnung. Aber meine Freundin sieht nicht gut aus.

Du hast eine Freundin? Glückwunsch mein Freund.

Danke dir. Ich würde gerne mit ihr kommen, jetzt gleich.

Na klar, komm her mit ihr, hörte Markus durch sein Telefon von der Gegenseite.

Markus kam mit ein paar Klamotten in der Hand zurück ins Schlafzimmer. *Komm Kleine, ziehe das an.* Er konnte sich den Satz sparen, die Schmerzen verurteilten ihn dazu ihr zu helfen, was er auch liebevoll machte. Markus beobachtete Joelle, die sichtlich gezeichnet war. *Pass auf, ich fahre an die Haustüre und dann hole ich dich.* Joelle nickte ohne ein Wort zu verlieren. *Kannst du gehen?* Markus wartete nicht auf die Antwort und er hob sie hoch und trug sie zu seinem Jeep. der mit laufenden Motor und geöffneten Türen vor der Türe stand. Er setzte Joelle auf den Beifahrersitz, zog ihr den Gurt über und fuhr los.

Zwanzig Minuten später hielt der Jeep von Markus vor der Praxis seines Freundes Steven.

Bringen sie, sie direkt durch, sagte eine Schwester, die ihn erkannte zu Markus.

Das ist Joelle, stellte Markus sie vor. Steven gab der jungen Frau die Hand.

Die Meisten, die den Arzt sehen würden, würden ihn eher für einen Surfer halten, als für ein medizinisches Ass. Er war allgemein Mediziner und Internist und in seinem Fach eine Koryphäe.

Was hast du denn Joelle? Joelle fing an ihre Probleme aufzuzählen, währenddessen wurde ihr direkt Blut abgenommen, eine Urinprobe hat sich gleich nach Betreten der Praxis abgegeben. Mit geschickten Fragen und abtasten der mittlerweile freigemachten Joelle versuchte Steven Licht in den Zustand zu bringen.

Steven schaute dabei Markus immer wieder sorgenvoll an. *Pass auf Joelle, Blut und Urin sind schon in meinem Labor und wir arbeiten jetzt daran um es schnellstens zu analysieren. Ich würde gerne eine endoskopische Sonographie durchführen, das bedeutet, oral eine Kamera in dich einführen um mir ein genaueres Bild zu verschaffen. Ist das bei dir möglich und bist du damit einverstanden?* Joelle nickte einwilligend.

Hast du in der letzten Zeit Gewicht verlorenen, trotz normalem Essen? fragte Steven nachdenklich weiter nach.

Ja habe ich, erwiderte Joelle leise.

Ich lasse das mit der Kamera jetzt vorbereiten und dann wissen wir bestimmt mehr. Bleib liegen und entspanne dich, sagte Steven mit ruhiger Stimme. *Komm Markus, lass die Schwestern das mal vorbereiten.*

Steven drückte Markus etwas Richtung Zimmertüre, dieses Signal verstand er sofort.

Steven gab ihm erst mal die Hand und beide begrüßen sich sehr freundschaftlich.

Und jetzt zur deiner hübschen Freundin, es können eine paar sehr belanglose Sachen sein. Die wir jetzt unter den Tisch fallen lassen können. Aber ich möchte sie auf Krebs testen und zwar auf Pankreaskrebs, schaute Steven ernst an.

Markus bekam seinen Mund nicht mehr zu. *Wie, was heißt das im Klartext?* fragte Markus mit sorgenvollen Gesichtszügen nach.

Bauchspeicheldüsenkrebs, antwortete Steven und schaute Markus dabei besorgt an.

Bist du sicher? Ich meine sie ist vierundzwanzig und hat grade einen Schicksalsschlag hinter sich.

Vergewaltigung und jetzt ... Markus wurde sprachlos.

Steven legte seine Hand auf die Schulter seines Freundes. *Pass auf mein Freund, ich möchte das ausschließen, daher fange ich mit dem Thema an, denn bei diesem Krankheitsverlauf haben wir keine Zeit nach einer Darmverspannung zu suchen. Aber leider sieht es, nachdem was sie mir geschildert, hat danach aus. Markus, ich fange immer mit dem Schlimmsten an, wenn es das nicht ist bekommt sie ein paar Aspirin von mir und morgen geht's ihr wieder besser.* Markus nickte, er konnte den Sarkasmus von Steven verstehen und er wollte sowieso nur das Beste für sie.

Herr Doktor! Wir wären soweit, machte sich die Schwester bemerkbar, die Joelle vorher schon das Blut entnommen hatte. *und sie möchte sie auch im Zimmer haben.* sprach sie Markus direkt an. *Mich?* und zeigte mit dem Finger auf sich selbst. Die Schwester nickte wortlos und alle drei gingen zurück in das Behandlungszimmer.

Der Blick von Joelle war trübe und matt, aber sie erkannte Markus sofort als er wieder das Zimmer betrat und suchte nach seiner Hand, sie hatte etwas zur Beruhigung und zum unterdrücken des Würgereizes bekommen.

Hallo Kleines, begrüßte er sie. Markus ergriff ihre Hand und setzte sich zur ihr. Joelle liefen Tränen herunter. Markus musste an alles andere denken um ihr es nicht gleichzutun, denn er wusste was die Prognose von Steven im schlimmsten Fall zu bedeuten hätte.

Nach etwas mehr als einer Stunde war die Untersuchung vorbei. Joelle lag noch benebelt auf dem Behandlungstisch. Steven zog seine Handschuhe aus und gab Markus ein Zeichen er sollte mit ihm kommen.

Also ich habe vieles gesehen was meine Vermutung bestätigt. Ich warte jetzt noch auf die Blut- und Urinwerte, aber es sieht ganz danach aus und das nicht gut. Komm wir gehen in mein Büro trinken einen Kaffee.

Markus ging, wie betäubt, mit Steven durch die Praxis in der so viele Ärzte und Schwestern unterwegs waren wie auf einer Krankenhausstation im vollen Betrieb.

Es tut mir Leid mein Freund, es wird jetzt eine schwere Zeit. Ich werde die Bilder und den Film noch meinem Kollegen zeigen. Aber das was ich gesehen habe ist mehr als deutlich. Ich werde sie sofort ins Krankenhaus überweisen und mit dem Professor dort telefonieren, ich kenne ihn sehr gut.

Markus war ungebremst gegen eine Wand gefahren, sein Blick war starr, er konnte Steven nicht mehr folgen.

In circa dreißig Minuten bekomme ich ihre Werte und dann ab ins Krankhaus. Sie werden sie dann in den MRT stecken und noch einiges mehr austesten um absolute Gewissheit zu haben, aber ich erspare es dir jetzt den Rest zu erklären. Du weißt, dass man heute Medizinisch einiges machen kann und sie ist jung. Es tut mir Leid mein Freund.

Markus saß vor Steven, er hatte seine Tasse Kaffee seit Minuten nicht mehr aus den Augen gelassen. Sein Blick war ohne Reaktion und er ließ erst mal die Worte von seinem Freund langsam in sich einsickern.

Wie sicher ist es? fragte Markus nach.

Ohne, dass ich einen Rat vom Kollegen eingezogen habe würde ich sagen einhundert Prozent, aber ich möchte mich so gerne täuschen, antwortete Steven. Er kannte das Leiden und den Schmerz nach dem Tod seiner Frau. Er hatte damals sogar gedacht, er würde Markus als Freund verlieren.

Wie lange seid ihr denn zusammen? fragte Steven nach.

Paar Wochen, antwortete er mit belegter Stimme.

Bleibst du noch etwas bei mir? fragte Joelle Markus mit Angst in der Stimme. Er legte seine Hand auf ihre kleine weiche Hand, drückte sie fest und nickte und blickte ihr tief in die Augen.

Ich bleibe, bis ich gehen muss.

Es tut mir Leid, flüsterte sie Markus zu obwohl beide alleine im Krankenhauszimmer waren.

Das muss es dir nicht, du wirst wieder gesund werden.

Meinst du? sie legte ein sehr sorgenvolles Gesicht auf. Markus nickte ihr wortlos zu und es liefen ihm Tränen über sein Gesicht.

Ich werde nichts Anderes akzeptieren und alles dafür tun, antwortete er leise.

Und wir werden dann wieder zur Fenja fahren?

Ja das werden wir, dass verspreche ich dir, mein Herz.

Kannst du mir einen Gefallen tun?

Jeden den ich dir erfüllen kann, antwortete Markus.

Dann weine nicht wenn du alleine bist. Seine Augen füllten sich immer wieder, der Schmerz war so stark, es war wie Teil zwei eines schlechten Filmes.

Ich bringe dir morgen alles was du hier brauchst.

Mein Schlüssel ist bei dir, ich weiß.

Plötzlich ging die Türe auf eine Schwester stand in der Türe. *Sie müssten jetzt gehen, Frau Stein braucht jetzt Ruhe, denn morgen wird sie viel Energie brauchen.*

Joelle liefen die Tränen nun auch.

Im Jeep angekommen war es Markus nicht möglich loszufahren, er blickte starr auf die Straße während der Motor lief.

Nach einer Stunde war er irgendwie zu Hause eingetroffen, er ging direkt sich ins Wohnzimmer, lies sich auf die Couch fallen und blickte sich suchend um.

Warum? Warum ? Sie ist so jung und warum tust du uns beiden das an? Was hast du dir dabei gedacht? Sprachen seine Gedanken

Mit zwei Handgriffen nahm er eine Flasche Whisky und ein Glas, ließ es bis zum Rand volllaufen und leerte es in einem Zug. Wut machte sich in ihm breit.

Als sein Telefon klingelte nahm Markus wortlos das Gespräch an, es war Steven.

Hey mein Freund wie geht's dir?

Es gibt dafür keine Worte, antwortete Markus monoton.

Möchtest du hören was meine Kollegen gesagt haben? fragte Steven vorsichtig nach. Die Antwort dauerte bis Markus die Kraft hatte zu antworten.

Bringt sie meine Kleine nach vorne?

Nein, es tut mir leid, antwortete Steven.

Dann lass es besser.

Ja das kann ich gut verstehen, kann ich dir sonst irgendwie helfen?

Mache sie gesund, antwortete Markus leise, der Whisky schlug ein wie eine Bombe.

Pass auf, ich komme nächste Woche zu dir und dann sprechen wir! schlug Steven ihm vor.

Ja, lass uns das machen und danke. antwortete Markus nur um etwas gesagt zu haben.

Nicht dafür, schlaf gut Markus.

Das Glas wurde wieder bis zum Rand gefüllt. Dabei schaute er sich die Bilder an, die Joelle von den ganzen Touren gemacht hatte und leerte das zweite Glas wie das Erste.

Kapitel 13

Die Nacht war die Hölle, so vieles war ihm klarer als er wach wurde.

Nach der Dusche ging er in ihre Wohnung, aber weiter als bis zum Flur kam er nicht, er fiel auf die Knie und ließ seinem Schmerz freien Lauf. Der Geruch, die Bilder die er in der Wohnung gespeichert hatte liefen wie ein Film in seinem Kopf ab. Als er sich ein wenig gefangen hatte nahm er eine Tasche und packte ein paar Kleidungsstücke und andere Dinge rein. Genau das tat er auch nach dem Tod von seiner Frau.

Joelle lächelte als Markus den Raum betrat, *da bist du, ich habe von uns geträumt.*

War er schön, der Traum von uns? fragte Markus nach.

Ja, wir beide in der Nacht am Strand, wir schauten uns die Sterne an und du hast mir Sternschnuppen gezeigt und dann haben wir uns abwechselnd etwas gewünscht!

Markus umarmte und küsste Joelle, ja das war aber ein schöner Traum.

Dann hast du gut geschlafen Kleines?

Nein, ich war einsam es war ohne dich, so kalt, sagte sie ihm leise ins Ohr.

Markus streichelte ihr über ihren Kopf, *ich habe dir Alles mitgebracht. Ich sortiere es mal schnell in deinen Schrank. Haben die Ärzte schon etwas gesagt?* fragte Markus mit Sorgenfalten nach.

Ja, es ist so wie Steven gesagt hat.

Markus schloss seine Augen, er wollte das nicht wahr haben.

Hey mein Wikinger, komm zu mir Joelle öffnete ihre Arme, *ich möchte dich spüren.*

Markus legte sich zu ihr ins Bett und drückte sie. *Muss ich jemanden für dich anrufen?* frage er sie leise.

Nein, ich mache das schon, dann habe ich etwas zu tun. antwortete Joelle mit Sarkasmus in ihrer Stimme. *Ich habe übriges dem Krankenhaus schriftlich meine Erlaubnis erteilt, dass du immer informiert wirst. Auf dem Tisch da vorne liegt die Kopie für dich.*

Ich möchte von dir Informiert werden, nicht vom Krankhaus. erwiderter Markus mit ängstlichem Gesichtsausdruck.

Ja ich weiß, aber,... Markus legte ihr seinen Zeigefinger auf die Lippen.

Ich will es nicht hören, stoppte er sie leise, *du wirst mich immer informieren.* Markus wusste, dass es Quatsch war, aber er wollte es nicht anders. Er hielt sich an diesem Strohhalm fest.

Hast du Hunger? fragte er seine Freundin. Ihre Augen leuchteten wie nach ihrem ersten Kuss. Nach dreißig Minuten hatte ein Pizzabote das Essen geliefert. Für Markus fühlte es sich an, als hätte er ihr ihre Henkersmahlzeit geliefert.

Das habe ich jetzt gebraucht, ab morgen darf ich das alles nicht mehr, schaute Joelle traurig.

Es ist nur zu deinem Besten. Darfst du noch in den Park?

Ich, ich weiß nicht.

Ich kläre das, erwiderte Markus und verließ das Zimmer. *Eine halbe Stunde darfst du,* kam er wieder in Joelles Zimmer zurück. Als Joelle aufstehen wollte, konnte er sehen wie sehr sie schon abgebaute hatte in der kurzen Zeit, es waren nur Stunden. Aber er schwieg, er wusste das Joelle es selbst merkte und er war bestimmt nicht da um Öl ins Feuer gießen.

Als Markus abends alleine auf der Couch saß und Joelle ihm eine Nachricht nach der Anderen zusendete, war es wie ein Alptraum Sie wusste das sie sterben würde. Ihre Nachrichten sprachen es deutlich aus ohne es jemals genau anzusprechen.

Zwischendurch sendete er eine Nachricht an Kalle *„Sollten uns treffen, zum Bier trinken und ich muss Dir noch etwas erzählen, komme doch am Wochenende zu mir - Grüße Markus."*

Kalles Antwort ließ nicht lange auf sich warten. *„Komme am Freitag um zwanzig Uhr hoffe Du hast genug Bier da Kalle."*

Mein Wikinger ich habe meine Eltern angerufen, sie werden Morgen ins Krankenhaus kommen möchtest du sie auch sehen?

Ja natürlich möchte ich das, sie gehören doch zu dir. schrieb Markus zurück.

In der Nacht wachte Markus viele Male auf, ein Albtraum nach dem Anderen plagte ihn. Nach dem vierten T-Shirt ließ er das Wechseln sein. Dann leuchtete plötzlich mitten in der Nacht sein Telefon auf, Joelle war der Absender.

Ich habe solche Angst dich irgendwann nicht mehr zu fühlen, zu riechen, dich zu schmecken, bitte hilf mir, was soll ich tun? Markus Augen füllten sich mit Tränen, er schmiss eines seiner Kopfkissen durch sein Schlafzimmer und brüllte in sein Anderes. Er war so wütend es war eine Ungerechtigkeit.

Hey, mein schönes Mädchen, du wirst mich immer spüren und küssen können den du bist immer bei mir oder zweifelst du an meiner Liebe zu dir?

Nein ich Zweifel an nichts was du mir sagst, ich liebe dich so sehr. Du fehlst mir so sehr, ich möchte nie mehr ohne dich einschlafen.

Versuche zu schlafen, damit du wieder gesund und fit wirst.

Schlaf gut mein Wikinger

Ich liebe dich!

Markus' Herz wollte eigentlich nicht mehr schlagen. Er hatte genug, die Nächte nicht mehr schlafen zu können und tagsüber zu sehen, dass seine Liebe ihm unter den Händen weg starb.

Als Markus das Zimmer von Joelle betrat war es nicht mehr dasselbe. Schläuche und Maschinen standen um sie herum, an ihrem Bett saß eine fremde Frau die gar nicht mehr aufhören konnte zu weinen.

Liebster? kam eine ganz schwache Stimme an Markus Ohren heran.

Das Funkel war noch in ihren Augen zu sehen, der Rest der Mimik war durch die Schmerzen die sie ertragen musste weg. Die Mutter sprang von ihrem Stuhl auf und umarmte Markus ohne etwas zu sagen. Sie war nicht im Stande einen zusammenhängenden Satz zu bilden. Markus drücke sie fest an sich.

Du bist Markus, Joelle hat mir Bilder von euch beiden gezeigt. Ich möchte dir für alles danken was du für mein Mädchen getan hast, auch im Namen meines Mannes. Ich bin Iris Stein, die Mama von Joelle.

Markus stellte sich vor, *das war alles selbstverständlich für mich*, gab er zurück. *Es freut mich sie kennenzulernen, leider sind die Umstände alles andere als erfreulich, es tut mir Leid.*

Markus trat an das Bett und streichelte Joelle über die Wange. Sie sah schwach aus.

Entschuldige bitte Iris, ich muss mal kurz raus. Markus verließ das Krankenhauszimmer.

Er ging ins Treppenhaus des Krankenhauses und rief Fenja auf ihrem Telefon an. *Ja mein Schöner*, ertönte die fröhliche Stimme der Holländerin.

Sie stirbt, sie stirbt.

Wer? Antwortete Fenja total überrascht *Was ist los?*

Markus erklärte Fenja das Drama in kurzen Sätzen. Sie wusste nicht wie sie in dem Moment reagieren und antworten sollte, dass der arme Kerl das ein zweites Mal durchleben musste.

Ja und ich bringe Sand vom Strand mit. Pass auf, ich komme direkt zu dir, sende mir die Adresse und du gehst jetzt wieder zu ihr ins Zimmer. Ich fahre in zehn Minuten los.

Markus wusste nicht wohin mit seinen Emotionen. Er ließ sich an dem Mauerweck des Treppenhaus herab rutschen. Nach einigen Minuten hatte er sich wieder gefangen, öffnete die Tür und stand wieder vor Joelles Bett. Er versuchte sie zwischen den ganzen Schläuchen zu berühren und zu küssen.

Markus, darf ich deine Nummer haben, fragte die Mutter.

Selbstverständlich, antwortet Markus leise.

Der Arzt wird gleich kommen. Markus nickte mit leeren geschwollenen Augen.

Er umarmte die Mutter, die scheinbar die Umarmung genauso brauchte, wie Joelle immer Körperkontakt suchte, beim Spazieren gehen oder im Auto sie liebte die Berührung. Die Wärme zwischen zwei Menschen die sich liebten.

Guten Tag, ich bin Professor Volkmann, ich würde sie Beide gerne draußen sprechen. Ein älterer Mann im weißen Kittel stand im Raum und hatte einen ernsten Gesichtsausdruck.

Ich weiß schon, dass sie die Mutter von Frau Stein sind. Und ihr Freund Steven hat mich unterrichtete, sie sind Herr Schleider richtig?

Ja, antwortete Markus *richtig.*

Also erstmal ist es ein Wunder, dass Joelle so lange ohne Beschwerden gelebt hat, aber andererseits hätte man es vielleicht vorher diagnostizieren können. Wir haben alles Medizinische getan, aber so Leid es mir tut, der Krebs hat alles angegriffen, es sieht aus wie in einem... Beide nickten dem Professor verständlich zu, er brauchte den Satz nicht weiter ausführen.

Was ich damit sagen will, ihre Tochter Frau Stein und ihre Lebensgefährtin wird vielleicht das Ende der Woche nicht mehr erleben. Wir haben sie jetzt ruhig gestellt, denn die Schmerzen haben nach der Einlieferung massiv zugenommen.

Was wäre wenn man sie mitnehmen würde? Sie die Schmerzmittel in anderer Form bekommen würde? fragte Markus mit schwacher Stimme bei dem Mediziner nach.

Ich weiß worauf sie hinaus wollen, aber sein sie versichert das wäre für sie Frau Stein und sie Herr Schleider die Hölle das durchzustehen ohne geschultes Personal, in diesem Zustand den sie bereits erreicht hat.

Ich möchte ein Bett bei ihr im Zimmer haben, Herr Professor,

der Arzt nickte, *das bekommen sie von mir.*

Danke, Markus gab dem Professor die Hand und ging wieder in das Zimmer von Joelle.

Hey ich bleibe ab heute Nacht bei dir, mein Kleines. Markus versuche ein Lächeln über sein Gesicht kommen lassen. Er umarmte Joelle, die ihrerseits ihre letzten Kraft aufbrachte ihn auch zu umarmen und ihm ins Ohr flüsterte.

Weißt du was das Schlimmste ist? Wenn man nicht weiß wo man hingehört! Ich habe meinen Platz bei dir mein Wikinger. Ich werde dich immer lieben, danke, dass ich das mit dir noch alles erleben durfte Du hast mir die Liebe gezeigt die ich mir immer gewünscht hatte Du hast sie mir gezeigt und gegeben ohne Bedingungen daran zu knöpfen. Du bist ein so wertvoller Mensch, schade, dass es von deiner Sorte nicht mehr gibt. Hätte ich das Alles vorher gewusst hätte ich dich nicht angesprochen, ich woll-

te nicht, dass du wieder leiden musst. Aber deine Anziehung ließ mir keine Wahl verzeih mir, flüsterte sie ganz schwach.

Doch es war richtig, wiedersprach er ihr. *Du hast alles richtig gemacht.*

Bitte ziehe mir ein T-Shirt von dir an wenn ich gegangen bin, damit ich dich immer riechen kann. Markus hielt Joelle so fest, dass er das Gefühl hatte man könne sie ihm nicht entreißen.

Das war das letzte Mal das Joelle sprach.

Die Mutter stand hinter den Beiden und weinte und auch Fenja war mittlerweile im Krankenhaus eingetroffen und ließ ihrer Trauer freien Lauf.

Nach einer Weile drücke Fenja Markus ein schönes Glas mit Sand vom Stand in die Hand. Markus nahm es wortlos an und roch dran.

Schau Kleine, ich habe uns den Strand mitbringen lassen, er stellte es auf ihren Nachtisch ab.

Joelle starb friedlich in der Nacht in seinen Armen.

Sie hatte das Meer nie mehr riechen können.

Am nächsten Morgen regnete es den ganzen Tag, obwohl achtundzwanzig Grad und trocken vom Wetterdienst voraus gesagt waren. Der Himmel weinte.

Habe ich schon danke gesagt. fragte Markus?

Wofür solltest du das? Fenja schaute Markus fragend an.

Dass du so schnell gekommen bist.

Ich habe dir zu danken mein Schöner, dass ich sie noch mal sehen durfte. Markus es tut mir so leid, ich weiß, dass ich dir mit Allem schon gut zugeredet hatte als sie damals verstarb, aber wenn ich das jetzt wiederhole hört es sich sinnlos an.

Markus nahm einen Stein vom Rheinufer und ließ ihn ins Wasser fallen. *Ich weiß, dass du nie ein Mann von Traurigkeit warst und manche Dinge gemacht hast weil dich das Leben dazu gezwungen hat. Aber, du hast immer wieder bewiesen, dass du das Herz am richtigen Fleck hast wenn es darauf ankam. Das hat nicht jeder von denen, die ich in meinen vielen Jahren kennengelernt habe. Warum du so bestraft wirst weiß nur Gott alleine,* sprach Fenja ruhig und bedacht aus, *aber eines solltest du wissen, dass egal was du gemacht hast ich dich immer lieben werde, als meinen besten Freund... Hast du mit der Mama von Joelle alles abgesprochen.*

Ja habe ich, ich werde am Samstag hinfahren dann wird auch ihr Vater da sein. Er ist Pilot bei der Luftwaffe und konnte nicht da sein, weil er im Ausland war.

Oh wie traurig, antwortete Fenja.

Danke, Markus nahm Fenja in die Arme, *du bist meine beste Freundin. Ich möchte dir noch etwas erzählen. Ich will, dass du noch nicht fährst!*

Ich bleibe so lange wie du mich brauchst, antwortete Fenja ernst und liebevoll.

Ich möchte, dass du am Freitag auf mich aufpasst!

Wie soll ich das verstehen? schaute Fenja Markus fragend an.

Kapitel 14

Der Kühlschrank war randvoll mit Bier. Um kurz nach der abgesprochenen Zeit klingelte es an Markus' Türe.

Hey man was ist denn da passiert mit der Joelle, verstehe gar nichts, begrüßte Kalle Markus beim Betreten seiner Wohnung.

Oh, als würdest du das verstehen, dachte sich Markus und spulte eine zurechtgelegte Story zu ihrem Tod ab. Damit musste Markus das Ganze nicht vor ihm erneut an sich heranlassen. *Bier?* fragte Markus als perfekter Gastgeber. *Ja klar gerne,* grinste Kalle aus einem etwas dümmlichen Gesicht.

Also dein Päckchen ist ordnungsgemäß angekommen.

Ach Kalle, davon gehe ich bei dir doch aus. Profi ist Profi - Prost. Markus schmierte Kalle Honig um den Bart.

Es dauerte nicht lange da war Kalle beim vierten Bier. *Hey Alter, gib mal Gas so wird das nichts mit deinen zehn Bier heute Abend.*

Man, du hast aber auch einen Zug drauf, erwiderte Markus.

Ja man, alles Übung und das Zeug schmeckt einfach auch zu geil, grinste Kalle Markus an.

Ich stehe ja mehr auf Anderes,... brach Markus in das Bier Thema ein.

Geile Bude hast du, schön sauber, meine Alte bekommt das nicht so hin. sprach Kalle abwertend über Betty.

Ja, lachte Markus *bei mir kannst du vom Boden koksen, da ist kein Staub dabei.*

Kalles Augen funkelten, *das kann ich mir leider nicht leisten, aber ich mache das gerne,* erwiderte Kalle.

Ach echt? Das ist ja super, lass mich mal schauen ob sich noch etwas finden lässt!

Markus stand auf und ging in seine Küche währenddessen fragte er, *sag mal woher hast du eigentlich Betty?*

Ach die, habe ich durch die Joelle und Gina kennengelernt. Die ist das totale Opfer, aber ficken, ja das kann die und auch mit mehreren wenn ich Bock darauf habe, antwortete Kalle respektlos über seine Panterin.

Soso, schaue mal was ich noch habe, Markus legte einen zwanzig mal dreißig Zentimeter großen Spiegel auf den Tisch.

Hey Alter, machst du das selbst? Geil, Kalle stürzte sich sofort auf den Spiegel.

Markus lachte, *leg los was die Nase hergibt!*

Prost, man ich dachte du bist voll der Spießer, sprach Kalle während er das zweite Nasenloch füllte.

Das ist ja die beste Nasenparty die ich je hatte, sprach Kalle, zog die Nase kräftig hinauf und setze das Bier nach. *Du nicht?* Fragte Kalle neugierig

Nein. noch nicht. Ich will erst einen vom Bier intus haben, sagte Markus ruhig.

Mittlerweile hatte Kalle die sechste Flasche im Kopf. *Sag mal kann ich noch mal?* und zeigte auf den Spiegel.

Nimm ruhig, du bist doch mein Gast. Sag mal was sagen die Bullen eigentlich zu deinem Schaden an deinem Benz, fragte Markus ganz nebenbei nach.

Ach das vorne meinst du?

Ja das auch, wie lange hast du das denn schon? fragte Markus scharf nach

Ach so ein Jahr vielleicht, kam Kalle großspurig rüber.

Ach echt? Was ist passierst? Markus merkte dass der Koks und das Bier seine Arbeit bei Kalle zweifelsfrei verrichteten.

Ach das war da hinten bei den Bauern, äh in Kerpen die Ecke, glaube ich.

Ach die Bauern, ließ Markus fallen, *noch ein Bier?*

Klar, lass mal rüber kommen, antwortete Kalle und fuchtelte dabei mit seinen Armen.

Ja und was ist da genau passierst? hakte er erneut nach.

Ach, da war so ein scheiß Golf, die kroch auf der Bundesstraße, ich hatte keine Zeit und die Schlampe machte einfach nicht Platz. Glaube die hat ihre Karre eingefahren, lachte Kalle, *und dann habe ich beim Überholen der einen drauf gegeben, die wollte ums Verrecken nicht schneller fahren.*

Markus lachte los, *nein wirklich und dann?*

Die hat..., Kalle unterbrach seinen Satz und zeigte erneut auf den Spiegel. *sag mal, kann ich noch mal?*

Junge zieh, kein Problem. Markus hatte am ganzen Körper Gänsehaut.

Man, davon musst du mir mal was besorgen, machst du das? fragte Kalle nach.

Aber sicher, kannst später den Rest auch mitnehmen.

Wo war ich? Ach ja, dann bin ich der hinten links drauf, und weg war sie. Die hat sich zweimal vor mir gedreht und dann habe ich sie nicht mehr gesehen? Glaube die hat ihre Karre in den Graben gefahren, lachte Kalle und zog die Nase hoch.

Hast du nicht angehalten? Du geiler Fahrer, unterbrach Markus den völlig zugedröhnten Kalle.

Ne, bist du verrückt. Ich hatte Minimum drei Flaschen intus, erwiderte Kalle sehr nasal.

Ja, das war wohl dann besser, weiterzufahren, gab Markus dazu

Sicher Alter, wenn die blöde Kuh Gas gegeben hätte, solche Leute sollten gar nicht den Führerschein bekommen. sagte Kalle herablassend.

Markus legte zwei Fotos vor Kalle auf den Tisch, *ist das die Karre?*

Ja genau, das ist die! stimmte Kalle großspurig zu, als er die Bilder in seine Händen hielt. Markus hatte sich, in der Zeit als Kalle die Bilder betrachtete, einen Schlagring über seine Faust geschoben.

Aber sag mal, woher hast du die Bilder Alter? Sammelst du Schrottkarren? fragte Kalle Markus verwundert. Die Augen von Markus füllten sich mit blankem Hass und Trauer. Kalle hatte noch nicht mal die Bilder abgelegt da traf ihn der erste Schlag, direkt auf seine Nase. Das Blut spritze quer durch das Wohnzimmer und Kalle rutsche vom Stuhl. Markus sprang auf und packte Kalle am Kragen und schlug ein zweites Mal zu. Diesmal direkt auf seine Lippe.

Soll ich dir mal sagen wer diese Schlampe war? schrie Markus durch seine Wohnung. Kalle spuckte Blut und Zahnstücke aus, er wollte zurückschlagen, da traf ihn der dritte Schlag, erneut auf die Nase. Kalle fluchte und schrie wutentbrannt auf.

Das war meine Frau, du wertloses Stück Scheiße, du hast sie einfach im Graben verbluten lassen. Weil du Arschloch drei Bier getrunken hast und nicht im Stande bist ohne Alkohol Auto zu fahren. Markus hatte den Satz nicht ganz über seine Lippen gebracht als der vierte Schlag erneut auf das Nasenbein traf. *Sie starb fünf Minuten nach dem der Rettungswagen da war, sie lag stundenlang eingeklemmt in ihrem Auto und hatte Schmerzen und du...* Markus schlug abermals zu und beendete den Satz nicht mehr.

Als eine Stimme im Hintergrund sagte *Es reicht, Markus.* Fenja stand im Wohnzimmer *Markus es reicht, das Arschloch kann nicht mehr, sonst müssen wir dem noch einen Arzt hohlen.*

Ach du wolltest doch den Koks mitnehmen, hier! Markus schüttete das Pulver Kalle über seinen blutverschmierten Kopf. *Ich sollte dich töten, aber davon wird sie leider nicht mehr lebendig. Würde das gehen wärst du bereits tot.* schnaubte er wild.

Kalle ging daraufhin KO. Markus fing an die Möbel wieder zu sortieren. Er zog Kalle wieder auf den Stuhl und legte ihm ein Handtuch auf sein Gesicht, dann nahm der den Ring von seiner Faust und gab ihn Fenja, die ihn in ihre Jacke gleiten ließ und er legte Kalle Handschellen auf dem Rücken an, damit dieser beim Aufwachen nicht auf dumme Ideen kommt.

Nach ein paar Minuten kam Kalle wieder zu sich. *Ihr Arschlöcher,* schnaubte er los. *alles wegen einer Schlampe?* Markus wollte erneut zuschlagen. Als Fenja erneut *Stopp* rief.

Sie fing an die Wohnung wieder sauber zu machen. Markus packte Kalle am Kragen, *nicht das du denkst ich sei fertig mit dir Stück Scheiße. Punkt eins - Du wirst Betty gehen lassen, sie hat mehr als so ein Stück Dreck wie dich verdient. Punkt zwei - du wirst nächste Woche Montag zur Polizei gehen, dich stellen und Alles zugeben, dass du Fahrflucht begangen hast, dein Gewissen dich plagt und so, komme nicht auf die Idee deinen Alkohol als Ausrede zu verwenden. Punkt drei - machst du das nicht oder sagst du etwas von heute Abend den Bullen oder deinem Anwalt, bekommst du Besuch, deinen letzten diesmal, egal wo du bist.*

Und denke nicht, dass ich dich besuchen komme, du musst immer damit rechnen Tag und Nacht wenn du dich nicht an diese Punkte hältst. Sei dir sicher der Besuch wird kommen. Dagegen war das hier heute nur eine kurze Kostprobe.

Hast du einen der Punkte die ich dir grade aufgezählt habe missverstanden oder denkst du dran sie nicht zu erfüllen? Dann können wir auch gleich weitermachen! fragte Markus seelenruhig nach.

Kalle lief das Blut aus Mund und Nase und er zitterte vor Schmerzen.

Es tut mir Leid, das wollte ich nicht, stammelte Kalle mit Blutblasen, die sich durch sein Speichel und dem Blut in seinem Mund gebildet hatten.

Dafür ist es zu spät du hast Leben zerstört, ihres, meines und das ihrer Familie. ließ Markus die Worte scharf auf Kalle einprasseln.

Ja, ich werde es so machen wie du es möchtest. bestätigte Kalle.

Ich habe dich nicht verstanden? fragte Markus erneut nach.

Ja, ich mache das, versprochen. Bitte lasst mich gehen ich mache es, bettelte und jaulte Kalle die beiden an.

Du kannst froh sein, dass sie hier ist und zeigte auf Fenja. Kalle drehte sich unter Schmerzen zur Fenja und nickte ihr zu. Es liefen Tränen aus seinen geschwollenen Augen.

Hör bloß auf zu heulen, du hast keinen Grund, unterbrach Fenja sein Gejammer, *los komm mit!* forderte Fenja Kalle auf. Der stand unter Schmerzen auf und folgte Fenja ins Badezimmer.

Pass auf, sprach Markus zur Kalle, *ich öffne jetzt die Handschellen, zuckst du falsch, machen wir da weiter wo wir eben aufgehört haben und damit meine ich nicht Koks und Bier.*

Kalle nickte ohne ein Wort zusagen, das Blut lief als Rinnsal aus seiner Nase.

Fenja stellte Kalle unter die Dusche und zog ihn danach wieder an.

Er hielt seine Hände still und hocke sich wieder auf den Boden.

Markus hatte den Autoschlüssel vom Haustürschlüssel getrennt, er öffnete das Fenster, warf ihn hinaus auf die Straße und schloss das Fenster wieder.

Ich weiß wo du wohnst, hier sind sechzig Euro, du gehst jetzt raus und rufst dir ein Taxi, sprach Markus die Ansage wie ein weiteren Befehl aus. *Sehe ich dich den Schlüssel draußen suchen komme ich raus.*

Kalle verließ wortlos die Wohnung, er hielt sich währenddessen ein Handtuch ins Gesicht, keine zwanzig Sekunden später war er auf der Straße nicht mehr zu sehen.

Meinst du er hält sich dran? fragte Fenja.

Markus nickte wortlos, er setzte sich auf den Boden, vergrub sein Gesicht in seinen Händen und fing bitterlich an zu weinen.

Bitte gib mir Frieden Fenja, bitte.

Fenja schloss Markus in die Arme. *Wie willst du jetzt weitermachen?* fragte Fenja leise und streichelte einem völlig gebrochen Menschen über seinen Kopf.

Ich weiß es nicht!

ENDE

Jeder Mensch, lebt wohl in seinem Leben in verschiedenen einzelnen Leben, die aus Erfahrungen wie Liebe, Freude, Verlust aber auch Gewinn programmiert sind.

Lars Green

10.01.2020

Danksagung

Für ihre Mithilfe bei diesem Buch möchte ich mich sehr herzlich bei Antonia bedanken

Zeitfracht Medien GmbH
Ferdinand-Jühlke-Straße 7
99095 Erfurt, Deutschland
produktsicherheit@kolibri360.de